AtV

WASHINGTON IRVING (1783–1859) war der erste nordamerikanische Schriftsteller, der internationalen Ruf errang. 1826–1829 und 1842–1845 war er als Diplomat der USA in Spanien und 1829–1832 in England tätig. Erste literarische Anerkennung erlangte er mit seiner »History of New York from the Beginning of the World to the End of the Dutch Dynasty« (Diedrich Knickerbockers humoristische Geschichten von New York). In seinen 1819/20 erschienenen Geschichtensammlungen »The Sketch Book« (Skizzenbuch) und in »The Alhambra« (Alhambra oder Das neue Skizzenbuch) schuf er frühe Beispiele für die eigenständige Form der amerikanischen Short Story, wobei er häufig auf europäische Motive und Stoffe zurückgreift. »The Legend of Sleepy Hollow« und »Rip van Winkle« gelten als die berühmtesten Erzählungen dieses Altmeisters der nordamerikanischen Literatur.

Ichabod Crane gilt als gebildeter Mann in der ländlichen Gegend am Hudson zu Beginn des 19. Jahrhunderts, denn er ist der Schulmeister. Er kennt sich mit Büchern und Geistergeschichten aus und glaubt fest an übernatürliche Erscheinungen. Vor allem bei den Frauen und Mädchen ist er sehr beliebt. Nun träumt er von der Heirat mit der Tochter eines wohlhabenden holländischen Bauern. Doch hat er die Rechnung ohne den »kopflosen Reiter« aus dem geheimnisvollen Schläfertal – Sleepy Hollow – gemacht.

Washington Irving

SLEEPY HOLLOW

und andere geheimnisvolle Geschichten

Aufbau Taschenbuch Verlag

ISBN 3-7466-1647-6

1. Auflage 2000

Hinweise zu den Inhabern der Übersetzungsrechte
am Schluß des Bandes
Umschlaggestaltung Preuße & Hülpüsch Grafik Design
unter Verwendung eines Fotos von Henry Horenstein, photonica
Druck Elsnerdruck
Printed in Germany

INHALT

SLEEPY HOLLOW
ODER
DIE SAGE VOM SCHLÄFERTAL

Gefunden unter den Papieren
des verstorbenen Diedrich Knickerbocker

Ein freundlich Land und schläfrig milde Luft –
Vorm halbgeschloßnen Auge weht's von Träumen
Und licht stehn Schlösser in der Wolken Duft,
Die leuchtend rings den Sommerhimmel säumen.
Traumschloß

Im Inneren einer der geräumigen Buchten, die sich in das östliche Ufer des Hudson einschieben, an jener weiten Ausdehnung des Flusses, die von den alten holländischen Seeleuten die Tappaan Zee genannt wurde, auf der sie immer vorsichtig die Segel refften und bei der Überfahrt den Beistand des heiligen Nikolaus erflehten, liegt ein kleiner Marktflecken, eine Art ländlicher Hafenort. Manche nennen ihn Greensburgh, aber allgemeiner und richtiger ist er unter dem Namen Tarry Town – Lungerstadt – bekannt. Man sagt, den Namen hätten ihm in früheren Zeiten die braven Hausfrauen des Landes ringsum gegeben, weil ihre Ehemänner es nicht lassen konnten, an Markttagen um das Dorfgasthaus herumzulungern. Wie dem auch sei, ich will für diese Tatsache nicht einstehen, ich weise nur darauf hin, um genau und wahrheitsgetreu zu sein. Nicht weit von diesem Dorf, vielleicht drei Meilen entfernt, liegt ein kleines Tal oder besser ein Stück Land zwischen hohen Hügeln, das ist einer der stillsten Orte in der ganzen Welt. Ein kleiner Bach fließt durchs Tal und murmelt gerade genug, um einen in Schlummer zu singen; das Pfeifen einer

Wachtel, das Hämmern eines Spechtes hin und wieder sind fast die einzigen Laute, die je diese eintönige Stille unterbrechen.

Ich weiß noch, wie ich als Junge meine erste Heldentat beim Eichhörnchenschießen in einem Gehölz von hohen Walnußbäumen vollbrachte, das eine Seite des Tales beschattet. Ich war um Mittag dahin gewandert, zu der Zeit, da alles in der Natur so ganz besonders still ist, und ich erschrak vor dem Knallen meiner eigenen Flinte, wie es in die sonntägliche Stille ringsum einbrach und von dem wütenden Echo noch verlängert und erwidert wurde. Wenn ich mir jemals eine Zuflucht wünschen sollte, in die ich mich aus der Welt und ihren Wirren flüchten möchte, um den Rest eines sorgenvollen Lebens dort still zu verträumen, ich wüßte nichts Verlockenderes als dieses kleine Tal.

Die träge Ruhe dieses Ortes und die besondere Art seiner Bewohner – Nachkommen der ursprünglichen holländischen Ansiedler – haben dem abgelegenen Tal schon vor langer Zeit den Namen Schläfertal eingebracht, und seine Bauernjungen werden überall in der Gegend die Schläfertalburschen genannt. Ein schläfriger, träumerischer Hauch scheint über dem Land zu liegen und die ganze Atmosphäre zu durchdringen. Manche sagen, der Ort sei von einem großen deutschen Doktor in den frühen Tagen der Ansiedlung verzaubert worden; andere meinen, ein alter Indianerhäuptling, ein Wahrsager oder Hexenmeister seines Stammes, hätte dort seine Geisterbeschwörungen abgehalten, ehe das Land von Meister Hendrick Hudson entdeckt wurde. Jedenfalls steht der Ort noch immer unter der Herrschaft irgendeiner Hexenmacht, die auf alle ihren Zauber ausübt und daran schuld ist, daß sie immer wie im Traume gehen. Sie sind allen Arten von Wunderglauben ergeben, haben Ekstasen und Visionen, sehen häufig seltsame Dinge und hören Stimmen und Musik in der Luft. Die ganze Gegend hat ihre Sagen im Überfluß, Orte, an denen es umgeht, und zwielichtigen Aberglauben; Sterne stürzen und Sternschnuppen funkeln öfter über diesem Tal als irgendwo sonst im Lande, und für den Nachtmahr mit seiner neunfachen Kraft scheint dies hier der Lieblingsschauplatz seines Treibens zu sein.

Der herrschende Geist indessen, der in dieser reizenden Gegend umgeht und der oberste Befehlshaber all dieser luftigen Gewalten zu sein scheint, ist die Erscheinung einer Gestalt zu Pferde ohne Kopf. Einige sagen, es sei der Geist eines hessischen Soldaten, dem der Kopf in irgendeiner namenlosen Schlacht der Revolutionskriege von einer Kanonenkugel abgeschossen worden sei, und er wird nun immer wieder von den Bauersleuten gesehen, wenn er durch die Düsternis der Nacht wie auf Windesflügeln dahinjagt. Er taucht nicht allein im Tal auf, sondern zuweilen auch auf den umliegenden Wegen und besonders in der Gegend einer nahen Kirche. Einige der zuverlässigsten Geschichtsschreiber im Land, die die fließenden, unbestimmten Tatsachen über diese Erscheinung gesammelt und kritisch verglichen haben, behaupten sogar, daß der Körper des Reiters auf dem Friedhof begraben sei und der Geist bei Nacht aufs Schlachtfeld reite, um seinen Kopf zu suchen; und daß die große Eile, mit der er manchmal das Tal entlangjagt wie ein Mitternachtssturm, so zu erklären sei, daß er sich verspätet habe und nun in Eile sei, vor Tagesanbruch zum Friedhof zurückzukommen.

Soviel erzählt man sich von diesem sagenhaften Aberglauben, der für manche wilde Geschichte aus jenem

Reich der Schatten den Stoff geliefert hat; und an jedem Kamin im ganzen Land ist das Gespenst bekannt unter dem Namen »Der kopflose Reiter vom Schläfertal«.

Es ist bemerkenswert, daß die Neigung zu Visionen, die ich erwähnt habe, nicht auf die einheimischen Bewohner des Tales beschränkt ist, sondern unbewußt von allen angenommen wird, die eine Weile hier wohnen. Wie wach sie auch gewesen sein mögen, ehe sie in diese schläfrige Gegend kamen, in kurzer Zeit haben sie bestimmt den gespenstischen Hauch der Luft eingeatmet und fangen an, ihre Phantasie zu entfalten – Träume zu träumen und Erscheinungen zu sehen.

Ich erwähne dieses friedliche Fleckchen mit allem erdenklichen Lob; denn in diesen kleinen abgelegenen holländischen Tälern, die hier und da in den großen Staat New York eingebettet sind, bleiben Volk, Sitten und Gebräuche unverändert, während der große Strom des Wanderns und des Fortschritts, der in anderen Teilen dieses ruhelosen Landes unaufhörlich Veränderungen hervorruft, unbeachtet an ihnen vorüberfließt. Sie sind wie jene kleinen Stellen von stillem Wasser, die einen schnellen Strom säumen; wo wir sehen, wie Stroh und Blasen still vor Anker liegen oder sich langsam in ihrem scheinbaren Hafen drehen, ungestört vom Lauf der vorübereilenden Strömung. Obwohl viele Jahre verstrichen sind, seit ich durch die träumerischen Schatten von Schläfertal ging, frage ich mich doch, ob ich nicht noch die gleichen Bäume und die gleichen Familien in seinem geschützten Innern finden würde.

In diesem Schlupfwinkel der Natur lebte in einer fernen Epoche der amerikanischen Geschichte, vor einigen dreißig Jahren, ein ehrenwerter Herr mit Namen Ichabod Crane, das heißt Kranich, der sich im Schläfertal aufhielt oder, wie er sagte, seine Zeit damit »versäumte«, die Kinder der Umgegend zu unterrichten. Er war aus Connecticut gebürtig, einem Land, das die Staaten mit Pionieren des Geistes wie auch des Waldes versorgt und alljährlich große Mengen von Förstern und Landschulmeistern aussendet. Der Familienname Crane paßte nicht übel zu ihm. Er war groß, aber außerordentlich dünn, mit schmalen Schultern, langen Armen und Beinen, Händen, die eine Meile aus den Ärmeln ragten, Füßen, die hätten als Schaufeln dienen können, und seine ganze Gestalt hing nur sehr lose zusammen. Sein Kopf war klein und oben flach, mit riesigen Ohren, großen, grünen, gläsernen Augen und einer langen Schnepfennase, so daß er aussah wie ein Wetterhahn, der sich auf einem dünnen Hals niedergelassen hatte, um zu künden, woher der Wind weht. Sah man ihn an einem windigen Tag über die Höhe eines Hügels gehen, wenn seine Kleider sich um ihn bauschten und flatterten, dann hätte man ihn irrtümlich für den Geist der Not halten können, der auf die Erde niederstieg, oder für eine Vogelscheuche, die aus einem Kornfeld entflohen war.

Sein Schulhaus war ein niedriger Bau, grob aus Klötzen gefügt, und bestand aus einem großen Raum; die Fenster waren zum Teil verglast und zum Teil mit Blättern aus alten Heften zugeklebt. In den Freistunden war es äußerst genial gesichert durch eine Weidenrute, die um die Türklinke gewickelt wurde, und Stangen, die gegen die Fensterläden gestellt wurden, so daß ein Dieb, wenn er auch in aller Ruhe einsteigen konnte, doch einigermaßen in Verlegenheit geraten würde, wieder herauszukommen; eine Idee, die sich der Architekt Yost van Houten höchstwahrscheinlich von dem Geheimnis einer Aalreuse geborgt hatte. Das Schulhaus stand an einer ziemlich einsamen, aber hübschen Stelle, dicht am Fuß eines bewaldeten Hügels, ein Bach floß nahe daran vorüber, und an seiner einen Seite wuchs eine mächtige Birke. Von dort her hörte man wohl an einem trägen Sommertag das leise Murmeln der Stimmen seiner Schüler, die ihre Aufgaben lernten, wie das Summen eines Bienenstocks, dann und wann unterbrochen von der gebieterischen Stimme des Lehrers in drohendem oder befehlendem Ton; oder etwa von dem schrecklichen Geräusch der Birkenrute, mit der er einen säumigen Faulenzer den blumigen Pfad des Wissens entlangtrieb. Wirklich, er war ein gewissenhafter Mensch und hatte immer den goldenen Spruch im Sinn: »Spare die Rute und verwöhne das Kind.« Ichabod Cranes Schüler waren allerdings nicht verwöhnt.

Aber ich glaube doch nicht, daß er einer jener grausamen Schultyrannen war, die an den Schmerzen ihrer Untertanen Vergnügen haben; im Gegenteil, er waltete seines Amtes eher mit Einsicht als mit Strenge, nahm den Schwachen die Last vom Rücken und legte sie den Starken auf. Ein winziges Bürschlein, das beim geringsten Schwenken der Rute zusammenfuhr, wurde nachsichtig übergangen; aber die Forderungen der Gerechtigkeit wurden dadurch erfüllt, daß ein paar kleinen, kräftigen, querköpfigen, breitschultrigen Holländerbengels, die trotzten oder sich dicktaten und unter dem Birkenreis störrisch und widerspenstig wurden, eine doppelte Portion aufgebrummt wurde. Dies alles nannte er »seine Pflichten gegen die Eltern erfüllen«; und niemals verhängte er eine Strafe, ohne ihr die Versicherung folgen zu lassen, die für den gezüchtigten Knirps so tröstlich war, er werde »daran denken und es ihm danken, solange er leben werde«.

Waren die Schulstunden vorbei, dann war er sogar der Gefährte und Spielkamerad der größeren Jungen; und an freien Nachmittagen begleitete er ein paar von den kleineren nach Hause, die hübsche Schwestern hatten oder als Mütter gute Hausfrauen, bekannt für die Genüsse ihrer Speisekammern. Es war freilich auch nötig, daß er sich mit seinen Schülern gut stellte. Die Einkünfte seiner Schule waren gering und hätten kaum genügt, ihm sein täglich Brot zu verschaffen, denn er war ein gewaltiger Esser, und war er auch dünn, so konnte er sich doch ausdehnen wie eine Riesenschlange; aber um seinem Unterhalt zu Hilfe zu kommen, bewirtete und beherbergte man ihn, wie es in jener Gegend Sitte war, in den Häusern der Bauern, deren Kinder er unterrichtete. Bei ihnen lebte er eine ganze Woche lang; so machte er die Runde in der Gegend, und all seine weltlichen Güter hatte er dabei in ein leinenes Taschentuch eingeknüpft.

Damit dies den Börsen seiner ländlichen Brotherren nicht zu lästig würde, da sie geneigt sind, die Schulkosten als eine drückende Last anzusehen und Schulmeister für Drohnen zu halten, hatte er verschiedene Methoden, sich ebenso nützlich wie beliebt zu machen. Er half den Bauern gelegentlich bei den leichteren Arbeiten auf ihrem Hof, half Heu machen, besserte Zäune aus, führte die Pferde zur Tränke, trieb die Kühe von der Weide und hackte Holz für das Feuer im Winter. Er legte auch alle Herrscherwürde ab und den unbedingten Machtanspruch, mit dem er in seinem kleinen Reich, der Schule, regierte und wurde erstaunlich sanft und liebenswürdig. Er fand Gnade vor den Augen der Mütter, weil er die Kinder verhätschelte, besonders die Jüngsten; und kühn wie der Löwe, der einst ein Lamm so großmütig im Arme hielt, saß er da, auf einem Knie ein Kind, und schaukelte mit dem Fuß eine Wiege, und das tat er stundenlang.

Außer seinen übrigen Befugnissen hatte er auch die

eines Gesangsmeisters der Gegend, und es brachte ihm manchen blanken Schilling ein, das junge Volk im Psalmengesang zu unterweisen. Es war eine Sache von größter Bedeutung für ihn, am Sonntag mit einer Schar ausgewählter Sänger seinen Platz vorn auf dem Kirchenchor einzunehmen, und nach seiner eigenen Meinung entriß er dann dem Pfarrer die Palme des Sieges vollkommen. Jedenfalls übertönte seine Stimme die der übrigen Gemeinde bei weitem, und man kann an einem stillen Sonntagmorgen in der Kirche und sogar eine halbe Meile weit fort an der entgegengesetzten Seite des Mühlteiches noch sonderbare Triller hören, die sollen rechtmäßig von Ichabod Crane herstammen. So schlug sich der würdige Pädagoge mit allerhand kleinen Notbehelfen durch, auf jene mühsame Art und Weise, die man gewöhnlich »mit Hängen und Würgen« nennt, und alle, die von den Anstrengungen der Kopfarbeit nichts verstanden, fanden, er hätte ein wunderbar bequemes Leben.

Der Schulmeister ist im allgemeinen ein Mann von ziemlicher Bedeutung für die Frauen und Mädchen einer Landgemeinde, da man ihn als eine Art müßige Herrenpersönlichkeit ansieht, den rohen Bauernburschen an Geschmack und Fertigkeiten bei weitem überlegen und in der Gelehrsamkeit eigentlich nur dem Pfarrer untergeordnet. Sein Auftauchen verursacht daher am Kaffeetisch eines Bauernhauses leicht einen kleinen Aufruhr, ein extra Kuchenteller wird noch gebracht oder Süßigkeiten, oder es muß vielleicht eine silberne Teekanne Parade machen. Unser Gelehrter stand also besonders hoch in der Gunst aller Dorfschönen. Wie er sich am Sonntag zwischen ihnen erging, auf dem Friedhof zwischen den Gottesdiensten, wie er ihnen den wilden Wein pflückte, der die Bäume ringsum überwucherte, wie er ihnen zum

Vergnügen alle Inschriften auf den Grabsteinen vorlas oder mit einer ganzen Schar von ihnen an den Ufern des nahen Mühlteiches promenierte, indessen die schüchternen Bauernlümmel einfältig dahinten standen und ihn um seine überlegene Eleganz und Gewandtheit beneideten!

Dies halbe Wanderleben machte ihn auch zu einer Art reisender Zeitung, die den ganzen Packen Dorfgeschwätz von Haus zu Haus trug, so daß sein Erscheinen immer freudig begrüßt wurde. Überdies wurde er von den Frauen als ein Mann von hoher Bildung bewundert, denn er hatte mehrere Bücher ganz durchgelesen und war in Cotton Mathers Geschichte von neuenglischer Hexerei – an die er übrigens fest und überzeugt glaubte – sehr bewandert.

Er besaß in der Tat eine sonderbare Mischung von etwas Schlauheit und einfacher Leichtgläubigkeit. Sein Hunger nach wunderbaren Dingen und seine Fähigkeit, sie zu verschlingen, waren gleichermaßen außerordentlich; und beides war durch seinen Aufenthalt in dieser verzauberten Gegend noch vermehrt worden. Keine Geschichte war zu ungeheuerlich und zu haarsträubend für seinen gewaltigen Schlund. Oft, wenn er am Nachmittag seine Schüler entlassen hatte, streckte er sich auf dem üppigen Kleebett aus, das den kleinen, an seinem Schulhaus vorbeiplätschernden Bach säumte, und vergnügte sich damit, die gräßlichen Geschichten des alten Mather durchzulesen, bis die zunehmende Abenddämmerung die gedruckten Seiten vor seinen Augen in Nebel verschwimmen ließ. Wenn er sich dann auf den Weg machte, vorüber an Sumpf und Strom und schaurigen Waldungen hin zu dem Bauernhaus, wo er gerade einquartiert war, erhitzte in solcher zaubrischen Stunde jeder Laut in der Natur seine erregte Phantasie; das Wehklagen des Ziegenmelkers* vom Hügelhang, der warnende Ruf des Laubfrosches, jenes Vorboten des Sturms, das düstere Geschrei des Waldkauzes oder das plötzliche Rascheln im Dickicht, wenn Vögel von ihrem Schlafsitz aufschrecken. Auch die Glühwürmchen, die an den dunkelsten Stellen am hellsten leuchteten, erschreckten ihn hin und wieder, wenn eins von ungewöhnlicher Helle über seinen Weg flog; und wenn zufällig ein dicker Dummkopf von Käfer seine Fahrt ungeschickt gegen ihn steuerte, dann hätte der arme Kerl fast den Geist aufgegeben bei dem Gedanken, eine Hexe habe ihn mit ihren Zeichen bedacht. Bei solcher Gelegenheit war es seine einzige Rettung, Psalmen zu singen, um seine Gedanken zu verjagen oder die bösen Geister zu vertreiben; und die guten Leute vom Schläfertal, die des Abends vor der Tür saßen, erschraken oft, wenn sie seine näselnde Melodie hörten, »lang hingezogen in gebundener Süße«, wie sie über einem fernen Hügel oder auf dem dämmrigen Weg dahinschwebte.

Eine andere Quelle ängstlicher Vergnügungen war es für ihn, lange Winterabende mit den alten Holländerfrauen zu verbringen, die beim Spinnen am Feuer saßen, wenn auf dem Herd eine Reihe von Äpfeln briet und zischte, und ihren wunderbaren Geschichten von Geistern und Kobolden, von verzauberten Feldern, verhexten Bächen und verwunschenen Brücken und Häusern zu lauschen und vor allem von dem kopflosen Reiter zu hören oder dem galoppierenden Hessen vom Tal, wie man ihn manchmal nannte. Er erfreute sie ebenso mit seinen Anekdoten von Hexerei und von den schrecklichen Zeichen und wunderlichen Erscheinungen und Tönen in der

* Der Ziegenmelker ist ein Vogel, den man nur bei Nacht hört. Man hat ihn nach seinem Ruf benannt, weil er wie ein Ziegenmelker ruft.

Luft, von denen in früheren Zeiten Connecticut erfüllt war; er erschreckte sie furchtbar mit Betrachtungen über Kometen und Sternschnuppen und mit der aufregenden Tatsache, daß die Welt sich ganz und gar rundum drehe und daß sie die Hälfte aller Zeit auf dem Kopf stünden.

Aber war das alles noch ein Vergnügen, wenn man gemütlich in der Ofenecke eines Zimmers hockte, über das von dem knisternden Holzfeuer her ein rosiges Glühen gebreitet war und wo natürlich kein Gespenst sich zu zeigen wagte, so war es teuer erkauft mit den Schrecken des darauffolgenden Heimwegs. Was für furchtbare Formen und Schatten säumten seinen Weg durch das trübe und gespenstische Licht einer Schneenacht! Wie schreckhaft sah er nach jedem bebenden Lichtstrahl, der von einem fernen Fenster her über die öden Felder fiel! Wie oft entsetzte er sich vor einem schneebedeckten Gebüsch, das sich wie ein verhülltes Gespenst dicht an seinen Weg drängte! Wie oft erstarrte er vor Schreck beim Geräusch seiner eigenen Schritte auf der Eisdecke unter seinen Füßen, und wie oft fürchtete er sich, über seine Schulter zu sehen aus Angst, er könnte ein fremdes Wesen erblicken, das dicht hinter ihm herkam! Und wie oft wurde er in furchtbare Schrecken gestürzt von einem eiligen Windstoß, der heulend durch die Bäume fuhr, in dem Gedanken, es sei der galoppierende Hesse auf einem seiner nächtlichen Streifzüge!

All dies waren indessen nur Schrecken der Nacht, Trugbilder des Geistes, der in der Finsternis wandelt; und wenn er auch seinerzeit viele Geister gesehen hatte und der Teufel ihm mehr als einmal in mancherlei Gestalt bei seinen nächtlichen Wanderungen aufgelauert hatte, so machte das Tageslicht doch all diesen Übeln ein Ende; und trotz des Teufels und aller seiner Werke hätte er ein angenehmes Leben führen können, wenn nicht ein Wesen seinen Weg gekreuzt hätte, das sterblichen Männern mehr zu schaffen macht als Geister, Kobolde und das ganze Volk der Hexen zusammengenommen, und das war – ein Mädchen.

Unter den Musikschülern, die sich an einem Abend in der Woche versammelten, um seine Unterweisungen im Psalmensingen entgegenzunehmen, war Katrina van Tassel, die Tochter und das einzige Kind eines angesehenen holländischen Bauern. Sie war ein blühendes Mädchen von frischen achtzehn Jahren, rundlich wie ein Rebhuhn, reif und weich und mit rosigen Wangen wie einer von ihres Vaters Pfirsichen, und sie war weit und breit bekannt nicht nur wegen ihrer Schönheit, sondern auch ihres reichen Erbteils wegen. Außerdem war sie eine kleine Kokette, und das konnte man sogar an ihrem Anzug sehen, einer Mischung aus Altmodischem und Modernem, die äußerst geeignet war, ihre Reize hervorzuheben. Sie trug den Schmuck aus reinem, gelbem Gold, den ihre Ururgroßmutter aus Saardam herübergebracht hatte, das verführerische Mieder der alten Zeit und dazu einen herausfordernd kurzen Rock, der zeigte die hübschesten Füße und Fesseln im ganzen Land ringsum.

Ichabod Crane hatte ein lächerlich empfindsames Herz für das zarte Geschlecht, und es ist nicht verwunderlich, daß ein so leckerer Bissen vor seinen Augen bald Gnade fand; und das noch mehr, als er sie einmal in ihrem väterlichen Bauernhaus besucht hatte. Der alte Baltus van Tassel war das vollendete Bild eines erfolgreichen, zufriedenen und weitherzigen Bauern. Er ließ seine Augen oder Gedanken allerdings selten über die Grenzen seines eigenen Hofes hinausschweifen; aber da drinnen war alles behaglich, glücklich und wohlbeschaffen. Er war zufrieden mit seinem Reichtum, aber nicht stolz darauf. Und er bildete sich eher etwas auf seinen üppigen Überfluß ein als auf die Art, in der er lebte. Seine Besitzung lag am Ufer des Hudson, in einer jener grünen, traulichen, fruchtbaren Buchten, in denen sich die holländischen Bauern so gern einnisten. Ein großer Ulmenbaum breitete seine weit ausladenden Zweige darüber; an seinem Fuß sprudelte ein Brunnen von mildestem, süßestem Wasser in eine kleine, von einem Kasten gebildete Brunneneinfassung und stahl sich darin glänzend durchs Gras fort zu einem nahen Bach, der unter Holunder und Zwergweiden hinplätscherte. Dicht bei dem Bauernhaus war eine große Scheune, die als Kirche hätte dienen können; jedes Fenster, jede Spalte schien zu bersten von den Schätzen des Bauernhofes; drinnen tönte emsig der Dreschflegel von früh bis spät; Bussarde und Mauerschwalben flogen zwitschernd um die Dachrinne, und Reihen von Tauben freuten sich auf dem Dach im Sonnenschein, ein paar sahen aufwärts, als schauten sie nach dem Wetter, ein paar hatten den Kopf unter die Flügel gesteckt oder in die Brust vergraben, andere gurrten und schwänzelten geschwollen um ihre Damen. Glatte, fette Mastschweine grunzten in der Ruhe und Fülle ihrer Ställe, aus denen sich hier und da Scharen von Spanferkeln aufmachten, als wollten sie die Luft beschnüffeln. Ein stattliches Geschwader von schneeweißen Gänsen schwamm in einem angrenzenden Teich und begleitete ganze Flotten von Enten; Regimenter von Truthähnen kollerten durch den Baumgarten, und Perlhühner ärgerten sich über sie wie unzufriedene Hausfrauen mit ihrem mürrischen, nörgligen Schrei. Vor dem Scheunentor stolzierte der stattliche Hahn, dieses Muster eines Ehemanns, Kriegers und feinen Herrn; er schwang seine glänzenden Flügel und krähte voller Stolz in der

Freude seines Herzens, kratzte zuweilen die Erde mit seinen Krallen auf und rief dann großzügig seine immer hungrige Familie von Frauen und Kindern, den reichen Bissen zu genießen, den er entdeckt hatte.

Dem Pädagogen lief das Wasser im Munde zusammen bei diesen glänzenden Aussichten auf eine üppige Kost für den Winter. Sein verzehrender Blick spiegelte ihm vor, jedes gebratene Schwein liefe mit einem Pudding im Bauch und einem Apfel im Maul herum. Die Tauben waren sorglich in eine behagliche Fleischpastete gebettet und wurden mit einer Bettdecke von Teig verzehrt, die Gänse schwammen in ihrer eigenen Bratensoße, die Enten traulich zu Gerichten gepaart, wie behaglich verheiratete Pärchen mit einem anständigen Einkommen von Zwiebelsoße. An den Mastschweinen sah er die künftige glatte Speckseite ausgeschnitten und saftig schmackhaften Schinken. Jeden Truthahn sah er zierlich geschnürt, den Magen unter den Flügeln und vielleicht mit einem Halsschmuck von würzigen Würsten. Und selbst der prächtige Hahn lag gespreizt auf dem Rücken als Zwischengericht mit hochgehobenen Klauen, als flehe er um die Schonung, die sein ritterlicher Geist zu verlangen verschmähte, da er noch lebte.

Wie der entzückte Ichabod sich dies alles nun so ausmalte und wie er seine großen grünen Augen über die fetten Wiesenländer wandern ließ, über die reichen Felder von Weizen und Roggen, von Buchweizen und Mais und die Obstgärten mit rosigen Früchten beladen, die van Tassels reiche Besitzung umgaben, da verlangte sein Herz nach der Jungfrau, die diese Güter erben sollte, und seine Phantasie weitete sich bei dem Gedanken, wie leicht sie zu Geld zu machen seien und wie man das Geld in riesigen Flächen von unbebautem Land anlegen könne und stattlichen

Steinhäusern in der Wildnis. Ja, seine geschäftige Einbildungskraft verwirklichte schon seine Hoffnungen und zeigte ihm die blühende Katrina mit einer ganzen Schar von Kindern auf der Höhe eines Wagens thronend, der mit Haushaltgerät beladen war, mit Töpfen und Kesseln, die herunterhingen; und sich selber sah er auf einer schreitenden Stute sitzen, ihr auf den Fersen ein Fohlen, und so zogen sie nach Kentucky, Tennessee oder Gott weiß wohin.

Als er ins Haus trat, war sein Herz vollends erobert. Es war eins jener geräumigen Bauernhäuser mit hochgratigem, aber tiefem, schrägem Dach, gebaut in dem Stil, der von den ersten Siedlern überliefert war. Die niedrigen vorstehenden Dachrinnen bildeten an der Vorderseite entlang eine Veranda, die bei schlechtem Wetter geschlossen werden konnte. Darunter hingen Schlegel, Pferdegeschirre, verschiedene bäuerliche Geräte und Netze zum Fischen in dem nahen Fluß. An den Seiten waren für den Sommer Bänke gebaut, und ein großes Spinnrad auf der einen Seite und ein Butterfaß auf der anderen zeigten die verschiedenen Zwecke, denen diese wichtige Vorhalle dienen mochte. Von dieser Veranda trat der staunende Ichabod in die Diele, die den Mittelpunkt des ganzen Bauernhauses und den gewöhnlichen Aufenthaltsort bildete. Hier wurden die Augen von Reihen glänzender Zinnteller geblendet, die auf einem langen Geschirrschrank aufgestellt waren. In einer Ecke stand ein großer Sack Wolle zum Spinnen bereit, in einer anderen Ecke lag ein Haufen Kattun frisch vom Webstuhl, Maiskolben, Schnüre mit getrockneten Äpfeln und Pfirsichen hingen in lustigen Girlanden an den Wänden, gemischt mit dem Schmuck von rotem Pfeffer; und eine halb angelehnte Tür nach links erlaubte ihm, einen Blick in die gute Stube zu werfen, wo klauenfüßige Stühle und dunkle Mahagonitische wie Spiegel blitzten; Kaminböcke mit Schaufel und Zange schimmerten unter ihrem Dach von Spargelkraut, künstliche Orangen und Muschelschalen schmückten den Kaminsims. Reihen von Vogeleiern in verschiedenen Farben waren drüber aufgehängt; in der Mitte des Zimmers hing ein großes Straußenei herab, und ein Eckschrank, mit Absicht offen gelassen, zeigte ungeheure Schätze von altem Silber und gesammeltem Porzellan.

Von dem Augenblick an, da Ichabods Blick auf diesen Herrlichkeiten geruht hatte, war seine Gemütsruhe dahin, und sein ganzes Sinnen und Trachten war darauf gerichtet, die Zuneigung der unvergleichlichen Tochter van Tassels zu erringen. Bei diesem Unternehmen hatte er jedoch mehr praktische Schwierigkeiten als manch ein fahrender Ritter von einst, der selten mit etwas anderem als Riesen, Zauberern, feuerspeienden Drachen und lauter Gegnern zu kämpfen hatte, die ebenso leicht zu besiegen sind; jener brauchte sich seinen Weg nur durch Tore von Eisen und Stahl und durch harte Mauern zu dem Burgverlies zu bahnen, wo die Dame seines Herzens gefesselt lag, und all dies gelang ihm so leicht, wie wenn einer sich durch eine Weihnachtstorte durchißt; dann reichte ihm die Dame ihre Hand – das war ganz selbstverständlich so. Ichabod dagegen mußte sich den Weg zum Herzen einer Dorfschönen bahnen, und sie lebte umgeben von einem Labyrinth von Grillen und Launen, das immer wieder neue Schwierigkeiten und Hindernisse bot; und er mußte einem Heer furchtbarer Widersacher von Fleisch und Blut begegnen, den zahlreichen bäuerlichen Verehrern nämlich, die jede Pforte zu ihrem Herzen besetzt hatten, einander gegenseitig wachsam und böse im Auge behielten, aber bereit waren, gegen jeden neuen Bewerber in gemeinsamer Sache auszuziehen.

Der Schrecklichste von ihnen war ein stämmiger, wüster, poltriger Bursche mit Namen Abraham oder, wie die holländische Abkürzung lautet, Brom van Brunt, der Held der ganzen Gegend, die von den Taten seiner Kraft und Kühnheit widerhallte. Er war breitschultrig und sehnig, hatte kurzes, lockiges schwarzes Haar und ein grobes, aber nicht unangenehmes Gesicht, in dem sich ein Ausdruck von Schalk und Hochmut mischte. Wegen seiner herkulischen Erscheinung und der großen Kraft seiner Glieder hatte er den Beinamen Brom Bones bekommen, das heißt Knochen, und darunter war er weit und breit bekannt. Man rühmte seine große Erfahrung und Geschicklichkeit im Reiten, denn er war auf dem Pferderücken gewandt wie ein Tatar. Bei allen Rennen und Hahnenkämpfen war er der erste, und mit der Überlegenheit, die körperliche Kraft im bäuerlichen Leben immer verleiht, war er der Schiedsrichter in jedem Streit; dann setzte er seinen Hut schräg auf eine Seite und traf seine Entscheidungen mit einer Miene und mit einem Ton, die keinen Widerspruch und keinen Einwand duldeten. Er war immer für eine Schlägerei oder für einen Streit zu haben. In seiner Natur war mehr Schalk als böser Wille, und hinter all seiner großsprecherischen Grobheit steckte im Grunde eine ganze Menge schelmische gute Laune. Er hatte drei oder vier lustige Kumpane vom selben Schlag, die ihn als ihr Vorbild betrachteten und an deren Spitze er das Land durchstreifte, bei jeder Auseinandersetzung und Festlichkeit auf Meilen im Umkreis war er zu finden. Bei kaltem Wetter war sein Wahrzeichen eine Pelzkappe, die von einem prächtigen Fuchsschwanz gekrönt wurde; und wenn die Leute bei einer Zusammenkunft im Lande seinen wohlbekannten Kopfschmuck in der Ferne sahen, schwingend in einer Schwadron kräftiger Reiter, machten sie sich immer auf einen wüsten Streit gefaßt. Manchmal hörte man seine Schar um Mitternacht an den Bauernhäusern vorbeijagen, mit He und Hallo wie einen Trupp Donkosaken; dann schreckten die alten Frauen aus dem Schlaf auf, lauschten eine Weile, bis der Trubel vorbei war, und dann riefen sie: »Ja, ja, das ist wieder Brom Bones mit seiner Bande!« Die Nachbarn betrachteten ihn mit einer Mischung von Furcht, Bewunderung und Zuneigung, und wenn es irgendeinen tollen Streich oder Zank unter den Bauern in der Gegend gab, schüttelten sie immer die Köpfe und schworen darauf, daß Brom Bones dahintersteckte.

Dieser stürmische Held hatte eine Zeitlang die blühende Katrina zum Gegenstand seiner bäurischen Artigkeiten auserwählt, und obwohl seine verliebten Spielereien wie die zarten Liebkosungen und Zärtlichkeiten eines Bären waren, wurde doch gemunkelt, daß sie ihn nicht ganz ohne Hoffnung ließ. Sicher ist, daß sein Vorgehen für Mitbewerber, die keine Neigung fühlten, einem Löwen bei seinen Liebesabenteuern in die Quere zu kommen, das Zeichen zum Rückzug war; so daß an einem Sonntagabend, wenn man sein Pferd an van Tassels Zaun angebunden sah – ein sicheres Zeichen dafür, daß sein Herr drinnen hofierte oder »poussierte«, wie man es nannte –, alle anderen Bewerber mutlos vorübergingen und den Krieg in andere Quartiere trugen.

Dies war der furchtbare Rivale, mit dem Ichabod Crane zu kämpfen hatte; und in Anbetracht alles dessen wäre wohl ein kräftigerer Mann vor dem Wettbewerb zurückgeschreckt, und ein weiserer wäre verzweifelt. Er indessen hatte in seiner Natur eine glückliche Mischung von Geschmeidigkeit und Beharrlichkeit; er war in seinem Äußeren und in seiner geistigen Beschaffenheit ähnlich einer

Weidengerte, nachgiebig aber zäh; er beugte sich zwar, aber er brach nie; er gab wohl dem leichtesten Druck nach, aber in dem Augenblick, da der Druck aufhörte – schwupp! stand er wieder so aufrecht und trug seinen Kopf so hoch wie zuvor.

Offen gegen seinen Rivalen ins Feld zu ziehen wäre Wahnsinn gewesen; denn er war ein Mann, dem man bei seinen Liebschaften genauso wenig einen Strich durch die Rechnung machen durfte wie weiland dem stürmischen Liebhaber Achill. Ichabod trug daher seine Angriffe in einer stillen und sanft einschmeichelnden Weise vor. Unter dem Vorwand seiner Eigenschaft als Gesangslehrer stattete er dem Bauernhause häufige Besuche ab. Von einem störenden Dazwischentreten der Eltern, das oft ein Hindernis auf dem Pfade des Liebenden ist, hatte er nichts zu befürchten. Baltus van Tassel war ein bequemer, nachsichtiger Mensch; er liebte seine Tochter noch mehr als seine Pfeife, und als vernünftiger Mann und ausgezeichneter Vater ließ er ihr in allem ihren Willen. Auch seine tüchtige kleine Frau hatte genug mit ihrem Haushalt und Geflügel zu tun; denn wie sie sehr richtig sagte, seien Enten und Gänse dummes Viehzeug, um das man sich kümmern müsse, aber Mädchen könnten für sich selber sorgen. Während so die geschäftige Frau emsig im Haus herumhantierte oder an einem Ende der Veranda ihr Spinnrad drehte, saß der ehrenwerte Baltus am andern Ende, rauchte seine Abendpfeife und sah dabei den Taten eines kleinen hölzernen Kriegers zu, der, bewaffnet mit einem Schwert in jeder Hand, auf dem First der Scheune sehr tapfer mit dem Winde focht. Währenddessen betrieb Ichabod seine Werbung bei der Tochter am Brunnen unter der großen Ulme, oder sie schlenderten im Zwielicht dahin, jener Stunde, die der Beredsamkeit des Liebenden so hold ist.

Ich muß gestehen, ich weiß nicht, wie Frauenherzen umworben und gewonnen werden. Mir erschienen sie stets als etwas Geheimnisvolles und Anbetungswürdiges. Einige haben wohl nur einen verwundbaren Punkt oder Zugang, während andere tausend Straßen haben und auf tausend verschiedene Arten zu erobern sind. Es ist ein großer Triumph der Geschicklichkeit, die ersteren zu gewinnen, aber ein noch größerer Beweis strategischen Könnens, den Besitz der letzteren zu verteidigen, denn da muß einer um seine Festung an jeder Tür und jedem Fenster kämpfen. Wer tausend gewöhnliche Herzen gewinnt, hat daher Anrecht auf einigen Ruhm; aber der ist wahrhaftig ein Held, der unbestrittene Macht über das Herz einer Koketten hat. Dies war bei dem gefürchteten Brom Bones gewiß nicht der Fall; und von dem Augenblick an, da Ichabod Crane seine Vorstöße unternahm, ließ das Interesse des ersteren sichtlich nach; man sah sein Pferd nicht mehr Sonntag abends am Zaun angebunden, und eine tödliche Fehde entbrannte allmählich zwischen ihm und dem Lehrer von Schläfertal.

Brom, der eine Art derber Ritterlichkeit in seiner Natur besaß, hätte die Sache leicht zum offenen Streit getrieben und seine Ansprüche auf das Mädchen in der Art der fahrenden Ritter von einst, jener sehr bündigen und einfachen Denker, im Einzelkampf geltend gemacht, aber Ichabod war sich der überlegenen Gewalt seines Widersachers nur allzu bewußt, um gegen ihn in die Schranken zu treten; er hatte zufällig von Bones' Prahlerei gehört, »er würde den Schulmeister erledigen und kaltstellen«; und er war zu sehr auf der Hut, um ihm dazu Gelegenheit zu geben. Es war etwas außerordentlich Herausforderndes in dieser hartnäckig friedlichen Methode; sie ließ Brom keine andere Möglichkeit, als alle Register bäuerlicher Neckerei zu ziehen, die ihm zur Verfügung standen, und seinem Rivalen bäurisch handgreifliche Streiche zu spielen. Ichabod wurde für Bones und seine wüste Reiterbande Gegenstand einer tollen Verfolgung. Sie plünderten sein bis dahin friedliches Reich; sie räucherten seine Singschule aus, indem sie den Kamin verstopften; bei Nacht brachen sie ins Schulhaus ein trotz seiner furchtbaren Befestigungen von Weiden und Fensterstangen und stellten alles auf den Kopf, so daß der arme Schulmeister anfing zu glauben, alle Hexen aus dem Land hätten hier ihre Zusammenkünfte. Aber was noch ärgerlicher war: Brom nahm jede Gelegenheit wahr, ihn in Gegenwart des Mädchens lächerlich zu machen; er hatte einen elenden Köter, den er lehrte, auf die albernste Art zu winseln, und den führte er als Konkurrenten von Ichabod im Lehren von Psalmen ein.

So ging die Sache eine Zeitlang weiter, ohne daß sich irgendeine greifbare Wirkung auf Beziehungen und Lage der Streitkräfte gezeigt hätte. An einem schönen Herbstnachmittag saß Ichabod in gedankenvoller Stimmung auf dem erhabenen Stuhl, von dem er gewöhnlich alle Ereignisse in seinem kleinen Buchstabenreich übersah. In seiner Hand schwenkte er das Lineal, jenes Zepter seiner Tyrannenmacht, das Birkenreis der Gerechtigkeit ruhte auf drei Nägeln hinter dem Thron, ein ständiger Schrecken für alle Übeltäter, während auf dem Pult vor ihm verschiedene Schmuggelwaren und verbotene Waffen zu sehen waren, die er bei faulen Burschen entdeckt hatte – als da sind halb angegessene Äpfel, Knallbüchsen, Schwimmkäfer, Fliegenkäfige und ganze Mengen wütender, kleiner, papierner Kampfhähne. Allem Anschein nach war kürzlich ein entsetzlicher Rechtsakt durchgeführt worden, denn seine Schüler waren alle emsig bei den

Büchern oder wisperten scheu dahinter und schielten dabei nach dem Lehrer; eine summende Stille herrschte im Schulraum. Plötzlich wurde sie unterbrochen durch das Auftauchen eines Schwarzen in Segeltuchjacke und Hosen, mit einem runden geschmückten Fragment von einem Hut, das er wie die Kappe des Merkur trug; so hockte er auf dem Rücken eines zottigen, wilden, halb zusammenbrechenden Fohlens, das er mit einem als Halfter benutzten Strick lenkte. Er kam zur Schultür getrappelt mit einer Einladung an Ichabod, an einem Festschmaus teilzunehmen, der an diesem Abend bei Mynheer van Tassel stattfinden sollte; nachdem er sich seiner Mission entledigt hatte – mit jenem bedeutungsvollen Gesichtsausdruck und jenem Bemühen um feine Sprache, wie ein Schwarzer sie bei unbedeutenden Aufträgen solcher Art entfalten kann, jagte er über den Bach, und man sah ihn das Tal hinaufgaloppieren, erfüllt von der Wichtigkeit und Eile seiner Mission.

Nun herrschte in dem vorher stillen Schulzimmer Lärm und Getöse. Die Schüler wurden durch ihre Lektion gejagt, ohne daß man sich bei Kleinigkeiten aufhielt. Die, die flink waren, übersprangen straflos die Hälfte, und für die Langsamen war eine kräftige Aufforderung in Reichweite, die ab und zu ihr Tempo beschleunigte oder ihnen über ein schwieriges Wort hinweghalf. Die Bücher flogen zur Seite, ohne daß man sie auf die Bretter gelegt hätte; Tintenfässer wurden umgeworfen, Bänke umgestürzt, und die ganze Schule wurde eine Stunde vor der üblichen Zeit geschlossen; wie eine Schar junger Kobolde stoben alle mit Kreischen und Lärmen ins Grüne voller Freude über ihre zeitige Entlassung.

Der galante Ichabod verbrachte nun mindestens eine halbe Stunde extra bei seiner Toilette, bürstete und putzte seinen besten Anzug von verschossenem schwarzem Tuch, der freilich auch sein einziger war, und richtete sich vor einem Stück zerbrochenem Spiegelglas her, das oben im Schulhaus hing. Um vor seinem Mädchen wirklich im Stil eines Kavaliers zu erscheinen, borgte er sich von dem Bauern, bei dem er wohnte, einem jähzornigen alten Holländer mit Namen Hans van Ripper, ein Pferd, bestieg es tapfer und ritt davon wie ein fahrender Ritter auf der Suche nach Abenteuern. Aber es ist nicht mehr als recht und billig, daß ich im Geist rechter Abenteurergeschichten nun einen Bericht gebe von Aussehen und Ausrüstung meines Helden und seines Rosses. Das Tier, das er ritt, war ein abgewirtschafteter Ackergaul, der fast alles überlebt hatte, nur seine eigene Bosheit nicht. Er war dürr und zottig, hatte einen Schafshals und einen Kopf wie ein Hammel; sein alterssteifer Körper und sein Schwanz waren mit Kletten verklebt und verknotet. Ein Auge hatte seine Pupille verloren und war starr und gespenstisch, das zweite aber hatte wahrhaftig ein teuflisches Funkeln. Doch mußte er seinerzeit Feuer und Lebenskraft gehabt haben, nach seinem Namen – Schießpulver – zu urteilen. Er war wirklich ein Lieblingspferd seines Herrn, des jähzornigen van Ripper, gewesen, und der war ein wilder Reiter und hatte höchstwahrscheinlich etwas von seinem eigenen Geist dem Pferd eingeflößt; denn so alt und verbraucht es auch aussah, war doch mehr versteckte Teufelei in ihm als in jedem jungen Füllen weit und breit.

Solch ein Pferd paßte gerade zu Ichabod. Er ritt mit kurzen Steigbügeln, die seine Knie fast bis zum Sattelknopf heraufhoben; seine spitzen Ellbogen spießten nach außen wie Grashüpfer; die Peitsche hielt er senkrecht in der Hand wie ein Zepter, und als das Roß nun dahintrottete, war die Bewegung seiner Arme dem Schlagen eines

Flügelpaares nicht unähnlich. Ein kleiner Wollhut hing auf seiner Nase – denn so konnte man sein dürftiges Stückchen Stirn nur nennen; und die Schöße seines schwarzen Mantels flatterten fast bis zum Schwanz des Pferdes. Diesen Anblick boten Ichabod und sein Gaul, wie sie aus dem Tore Hans van Rippers trabten, und es war alles in allem eine Erscheinung, wie man ihr im hellen Tageslicht selten begegnet.

Es war, wie gesagt, ein herrlicher Herbsttag; der Himmel war klar und hell, und die Natur trug jene reiche goldene Tracht, mit der wir immer die Vorstellung von Fülle verbinden. Die Wälder hatten ihr ruhiges Braun und Gelb angelegt, während ein paar Bäume von zarterer Natur vom Frost leuchtend orange, purpurn und scharlach gefärbt waren. Schon sah man flatternde Reihen von Wildenten hoch in der Luft ziehen, aus den Gehölzen von Buchen und Walnußbäumen hörte man das Pfeifen von Eichhörnchen und vom benachbarten Stoppelfeld hin und wieder das schwermütige Flöten der Wachtel.

Die kleinen Vögel hielten ihren Abschiedsschmaus. In der Fülle ihrer Schwelgerei flatterten sie mit Zwitschern und Spaßen von Busch zu Busch, von Baum zu Baum, mutwillig ob all der Verschwendung und Vielfalt rundum. Da war das ehrenwerte Rotkehlchen mit seinem lauten, mürrischen Schrei, die Lieblingsbeute von kleinen Jungen, die auf die Jagd gehen, die zwitschernden Amseln, die in schwarzen Wolken dahinflogen, der goldgeflügelte Specht mit seinem karminroten Schopf, seinem breiten schwarzen Halslatz und seinem glänzenden Gefieder, der Zedernvogel mit seinen roten Flügelspitzen, dem gelben Schwanzende und seiner kleinen Jagdmütze von Federn und der blaue Eichelhäher, dieser laute Geck in seinem lustigen, lichtblauen Rock und den weißen Unterkleidern;

sie kreischten und schwatzten, nickten und hüpften, verbeugten sich und taten so, als stünden sie mit jedem Singvogel im Wäldchen auf gutem Fuße.

Als nun Ichabod so langsam seines Weges trabte, streifte sein Auge, immer offen für jedes Anzeichen von Nahrungsüberfluß, mit Vergnügen über die Schätze dieses schönen Herbstes. Auf allen Seiten sah er unermeßliche Mengen von Äpfeln; in erdrückender Menge hingen sie an den Bäumen, andere waren für den Markt in Körben und Fässern gesammelt, wieder andere waren für die Apfelweinpresse zu großen Haufen geschichtet; weiterhin sah er große Felder von Mais, der mit seinen goldenen Ohren aus seiner Blätterdecke lugte und Kuchen und Mehlpudding versprach; und die gelben Kürbisse, die darunter lagen, ihre hübschen runden Bäuche der Sonne zudrehten und Aussichten auf die üppigsten Eierkuchen boten, und danach kam er an duftigen Buchweizenfeldern vorbei, die den Duft von Bienenstöcken atmeten, und als er sie erblickte, stahlen sich in seine Seele sanfte Vorahnungen von leckeren Pfannkuchen, gut mit Butter bestrichen und von der niedlichen kleinen Grübchenhand der Katrina van Tassel mit Honig oder Sirup garniert.

Während er so seine Sinne mit vielen süßen Gedanken und »gezuckerten Vermutungen« fütterte, trabte er am Hang einer Hügelreihe dahin, die auf eine der anmutigsten Landschaften des mächtigen Hudson blickt. Die Sonne rollte ihre große Scheibe langsam im Westen nieder. Die weite Bucht der Tappaan Zee lag reglos und gläsern, nur hier und da warf sich eine sanfte Welle auf und verlängerte die blauen Schatten des fernen Berges. Ein paar bernsteinfarbene Wolken schwammen über den Himmel, ohne daß man einen Hauch wahrgenommen hätte, der sie hätte bewegen können. Der Horizont war von prächtiger goldener Färbung, die mehr und mehr in ein reines Apfelgrün überging und von da in das tiefe Blau der Himmelsmitte. Ein schräger Strahl glitt über die waldigen Kämme der Abhänge, die sich an manchen Stellen über den Fluß neigten, und färbte das düstere Grau und Purpur ihrer felsigen Flächen noch tiefer. Eine Schaluppe trieb in der Ferne langsam mit der Strömung flußabwärts, ihr Segel hing ungenutzt am Mast, und wie so der Widerschein des Himmels über das stille Wasser hin glänzte, schien es, als hinge das Schiff in der Luft.

Gegen Abend kam Ichabod zu der Behausung des Herrn van Tassel, und er fand sie übervoll. Stolz und Schmuck des umliegenden Landes waren hier zusammengekommen. Alte Bauern, eine dürre, ledergesichtige Rasse, in selbstgewebten Röcken und Hosen, blauen Strümpfen und riesigen Schuhen mit prächtigen Zinnschnallen; ihre lebhaften, vertrockneten kleinen Frauen in eng gefältelten Hauben, kurzen Kleidern mit langen Taillen, selbstgesponnenen Unterröcken mit Schere und Nadelkissen und lustigen Kattuntaschen, die außen daranhingen; dralle Mädchen, fast so altmodisch wie ihre Mütter, wenn nicht ein Strohhut, ein hübsches Band oder wohl gar ein weißes Kleid Merkmale städtischer Neuerungen boten. Die Söhne in Röcken mit kurzen Schößen und Reihen riesiger Messingknöpfe, das Haar allgemein nach der Mode der Zeit geflochten, besonders, wenn sie für diesen Zweck eine Aalhaut hatten auftreiben können, denn dies galt im ganzen Land als wirkungsvolle Nahrung und Kräftigung des Haares.

Brom Bones jedoch war der Held des Tages; er war zu der Zusammenkunft auf seinem Lieblingspferd Wageteufel gekommen, einer Kreatur voller Feuer und voller Possen wie er selber, und nur er konnte mit ihr fertigwerden. Er war überhaupt bekannt dafür, daß er am liebsten wilde Tiere ritt, die alle möglichen Tücken hatten und auf denen der Reiter dauernd in Gefahr war, sich den Hals zu brechen, denn er fand, ein folgsames, gut zugerittenes Pferd sei eines mutigen Burschen unwürdig.

Gern möchte ich anhalten, um bei der Welt von Reizen zu verweilen, die sich vor den entzückten Blicken meines Helden auftat, als er das Staatszimmer des van Tasselschen Hauses betrat. Nicht die des Schwarmes von drallen Mädchen mit ihrem üppigen Farbenspiel von Weiß und Rot, sondern die reichen Reize eines rechten holländischen Kaffeetisches zur herrlichen Herbstzeit. So hoch türmten sich auf Schüsseln die Kuchen und von so mannigfaltiger und fast unbeschreiblicher Art waren sie, daß sich nur erfahrene holländische Hausfrauen darunter auskennen konnten. Da waren dicke Pfannkuchen, der zarte Ölkuchen und die knusprigen, bröckligen Plinsen, süße Kuchen und kurze Kuchen, Ingwerkuchen, Honigkuchen und die ganze Schar anderer Kuchen. Dann gab es Apfelomeletten, Pfirsichomeletten und Kürbisomeletten, daneben Scheiben von Schinken und Räucherfleisch, ferner köstliche Gerichte von eingemachten Pflaumen, Pfirsichen, Birnen und Quitten, gar nicht zu reden von geschmorten Alsen und gebratenen Hähnchen; dazwischen standen Gefäße voller Milch und Rahm – alles kunterbunt durcheinander, wie ich's aufgezählt habe, und in der Mitte der mütterliche Teetopf, der seine Dampfwolken emporsandte. Du lieber Himmel! Mir fehlt Atem und Zeit, dies Festmahl so zu schildern, wie es ihm zukäme, und ich bin allzu begierig, mit meiner Geschichte fortzufahren. Aber glücklicherweise war Ichabod Crane nicht in solcher Eile wie sein Geschichtsschreiber, sondern ließ jedem Leckerbissen genügend Gerechtigkeit widerfahren.

Er war eine freundliche und dankbare Kreatur, sein Herz weitete sich in demselben Verhältnis, wie sich sein Magen mit guter Kost füllte, und seine Geister belebten sich beim Essen wie die mancher Männer beim Trinken. Auch konnte er nicht umhin, seine großen Augen beim Essen rundum schweifen zu lassen, und er mußte still vor sich hin lachen bei dem Gedanken an die Möglichkeit, daß der Schauplatz von so viel fast unvorstellbarem Prunk und Glanz eines Tages ihm gehören könne. Wie schnell, dachte er, würde er dann dem Schulhaus den Rücken kehren, Hans van Ripper und den anderen knausrigen Patronen ins Gesicht schnippen und jeden Lehrer auf der Wanderschaft, der es wagen würde, ihn Kollege zu nennen, vor die Tür setzen.

Der alte Baltus van Tassel ging unter seinen Gästen umher mit einem Gesicht, das von Zufriedenheit und guter Laune glänzte, rund und groß wie der Vollmond zur Erntezeit. Seine gastfreundlichen Aufmerksamkeiten waren kurz, aber ausdrucksvoll, sie beschränkten sich auf einen Händedruck, einen Schlag auf die Schulter, ein lautes Lachen und eine dringende Einladung, »sich ranzuhalten und sich zu bedienen«.

Und nun rief der Klang von Musik aus dem Wohnraum – der Diele – zum Tanz. Der Musiker war ein alter grauhaariger Schwarzer, länger als ein halbes Jahrhundert schon das Wanderorchester der Gegend. Sein Instrument war so alt und abgenutzt wie er selber. Er kratzte meistens auf zwei oder drei Saiten herum und begleitete jeden Bogenstrich mit einer Neigung des Kopfes; auch beugte er sich jedesmal fast bis zur Erde und stampfte mit dem Fuß, wenn ein neues Paar anfangen sollte.

Ichabod rühmte sich seiner Tanzkünste ebenso wie seiner Fähigkeiten im Gesang; kein Glied, keine Fiber an ihm war müßig; und wer seine lose zusammenhängende Figur in voller Bewegung im Raum herumwirbeln sah, der glaubte, es sei der heilige Vitus selbst, der selige Patron des Tanzes, der in eigener Person erschienen war. Alle Schwarzen bewunderten ihn; in allen Größen und Altersstufen waren sie vom Hof und von der Nachbarschaft zusammengekommen, und an jeder Tür, an jedem Fenster standen Pyramiden von glänzenden schwarzen Gesichtern, die mit Entzücken dem Schauspiel zusahen; dabei rollten sie ihre weißen Augäpfel, zogen den Mund von einem Ohr bis zum andern und zeigten grinsend ihre elfenbeinernen Zähne. Warum sollte auch der Züchtiger der Buben nicht munter und fröhlich sein? Das Mädchen seines Herzens war ja seine Partnerin beim Tanz und erwiderte seine verliebten Blicke mit huldvollem Lächeln; indessen saß Brom Bones brütend allein in einer Ecke, furchtbar gequält von Liebe und Eifersucht.

Als der Tanz zu Ende war, gesellte sich Ichabod zu einem Kreis von vernünftigeren Leuten, die mit dem alten van Tassel rauchend an einem Ende der Diele saßen, über alte Zeiten plauderten und lange Geschichten vom Krieg auskramten.

Zu der Zeit, von der ich erzähle, war diese Gegend einer jener so günstig gelegenen Orte, wo es von Geschichten und großen Männern nur so wimmelte. Die Front des englischen und amerikanischen Heeres hatte während des Krieges in der Nähe gelegen; so war das Land Schauplatz vieler Plündereien gewesen und von Flüchtlingen, Hirten und allerlei Grenzreiterei heimgesucht worden. Nun war seitdem gerade so viel Zeit verflossen, daß jeder Geschichtenerzähler seinen Bericht mit einer kleinen kleidsamen Erfindung aufputzen konnte, und in der Ungenauigkeit seiner Erinnerung wurde er dann selber zum Helden jeder mutigen Tat.

Da war die Geschichte von Doffue Martling, einem großen blaubärtigen Holländer, der mit einem alten eisernen Neunpfünder von einer Brustwehr aus Lehm fast eine britische Fregatte erledigt hätte, wenn ihm nicht die Kanone beim sechsten Schuß geplatzt wäre. Und es war da ein alter Mann, dessen Name nicht genannt werden soll, ein so reicher Herr, daß ich ihn nicht in geringschätziger Weise erwähnen möchte, ein hervorragender Meister in der Verteidigung, der in der Schlacht von Whiteplains eine Kanonenkugel mit einem schmalen Schwert dergestalt pariert hatte, daß er sie tatsächlich um die Klinge schwirren und am Griff abgleiten fühlte, zum Beweise dessen er jederzeit bereit war, das Schwert mit dem etwas verbogenen Griff zu zeigen. Noch einige andere waren es, die sich auf dem Schlachtfeld ebenso großartig gezeigt hatten, und es war keiner unter ihnen, der nicht davon überzeugt gewesen wäre, daß ein beträchtlicher Anteil am glücklichen Ausgang des Krieges ihm zufiele.

Aber all das war gar nichts gegen die Geschichten und Erscheinungen, die nun folgten. Die Gegend ist reich an Sagenschätzen solcher Art. Geschichten und Aberglauben gedeihen überhaupt am besten in jenen geschützten, lange besiedelten Schlupfwinkeln, wo sie nicht von der unsteten Menge, die die Bevölkerung der meisten unserer Landstädte ausmacht, mit Füßen getreten werden. Außerdem finden auch die Gespenster in den meisten unserer Dörfer keine Ermunterung, denn kaum haben sie Ruhe gehabt, ihr erstes Schläfchen zu halten, und drehen sich in ihren Gräbern um, da sind ihre überlebenden Freunde schon aus der Gegend weggezogen, so daß sie gar keine Bekannten mehr besuchen können, wenn sie des Nachts heraussteigen, um ihre Runde zu machen. Darum vielleicht hören wir so selten von Gespenstern, außer in unseren lang bestehenden holländischen Gemeinden.

Jedoch war der unmittelbare Grund dafür, daß übernatürliche Geschichten in jener Gegend so weit verbreitet waren, zweifellos die Nähe des Schläfertals. Von jenem gespenstischen Ort wehte mit der Luft ein Gifthauch herüber und brachte eine Atmosphäre von Träumen und Phantasien mit, die das ganze Land verseuchte. Ein paar von den Leuten aus dem Schläfertal waren auch bei van Tassel und kargten nicht mit ihren wilden, wunderbaren Sagen. Viele düstere Geschichten wurden erzählt von Leichenzügen und traurigem Weinen und Wehgeschrei um den großen Baum her, der dort in der Nähe stand und wo der unglückliche Major Andreas überwältigt worden war. Auch einer Frau in Weiß wurde Erwähnung getan, die im dunklen Tal am Rabenfelsen spukte und die man oft in Winternächten vor einem Sturm schreien hörte, denn sie war dort im Schnee umgekommen. Die meisten Geschichten jedoch berichteten vom Lieblingsgeist des Schläfertals, dem kopflosen Reiter, von dem man kürzlich mehrmals gehört hatte, daß er im Land herumstreife, und es wurde gesagt, er habe sein Pferd bei Nacht auf dem Friedhof zwischen den Gräbern angebunden.

Ihrer einsamen Lage wegen scheint die Kirche schon immer ein Lieblingsaufenthalt unseliger Geister gewesen zu sein. Sie steht auf einem Hügel, umgeben von Akazien und stattlichen Ulmen, und dazwischen schimmern ihre hübsch weiß getünchten Wände bescheiden hervor, wie christliche Reinheit durch den Schleier der Zurückhaltung strahlt. Ein sanfter Hang neigt sich von ihr zu einer silbernen Wasserfläche, die von hohen Bäumen umsäumt ist, und zwischen ihnen kann man Blicke auf die blauen Hügel des Hudson erhaschen. Wenn man über ihren grasverwachsenen Garten hinblickt, wo die Sonnenstrahlen so ruhig zu schlafen scheinen, denkt man wohl, daß wenigstens hier die Toten in Frieden ruhen könnten. An der einen Seite der Kirche erstreckt sich ein weites waldiges Tal, in dem zwischen zerklüfteten Felsen und Stämmen gestürzter Bäume ein Bach dahinschäumt. Über eine tiefe Stelle des Wasserlaufes, nicht weit von der Kirche, führte früher eine Holzbrücke. Der Weg zu ihr hin und die Brücke selbst waren dicht von überhängenden Bäumen beschattet, die beides selbst bei Tage in Dunkelheit hüllten, bei Nacht aber eine beängstigende Finsternis verbreiteten. Dies war einer der Lieblingsaufenthalte des kopflosen Reiters und der Ort, wo man ihm am häufigsten begegnete. Der alte Brouwer, ein äußerst ketzerischer Zweifler, was Gespenster betraf, erzählte eine Geschichte davon, wie er den Reiter getroffen hatte, als der von seinem Streifzug ins Schläfertal zurückkehrte, und wie der ihn gezwungen habe, hinter ihm aufzusitzen, wie sie zu der Brücke kamen, wie der Reiter dort plötzlich zum Skelett wurde, den alten Brouwer in den Bach warf und mit einem Donnerschlag über die Baumwipfel fortsprengte.

Diese Geschichte wurde sogleich ergänzt durch ein Abenteuer von Brom Bones, das noch viel wunderbarer war; er erklärte den galoppierenden Hessen für einen durchtriebenen Betrüger und behauptete, er sei von diesem Mitternachtsreiter eines Nachts überrascht worden, als er aus dem Nachbardorfe Sing-Sing zurückkehrte; er habe ihm angeboten, mit ihm für eine Schale Punsch um die Wette zu reiten, und er hätte auch gewonnen, denn Wageteufel schlug das Geisterpferd das ganze Tal entlang, aber gerade als sie zur Kirchenbrücke kamen, jagte der Hesse davon und verschwand in einem Feuerblitz.

Alle diese Geschichten, erzählt in dem schläfrigen, gedämpften Tonfall, mit dem man im Dunkeln spricht, während die Mienen der Zuhörer nur hie und da gelegentlich vom Licht einer Pfeife erhellt wurden, prägten sich Ichabod unauslöschlich ein. Er bezahlte sie in gleicher Münze mit langen Auszügen seines unschätzbaren Autors Cotton Mather und fügte viele wunderbare Begebenheiten hinzu, die sich in seinem Heimatstaat Connecticut zugetragen hatten, und allerlei furchtbare Gesichte, die er bei seinen nächtlichen Wanderungen in der Nähe des Schläfertals gehabt hatte.

Das Fest ging nun langsam zu Ende. Die alten Bauern brachten ihre Familien zusammen in ihre Wagen, und man hörte sie eine Weile die Talwege entlang und über die fernen Hügel hinrattern. Ein paar junge Mädchen stiegen hinter ihren Verehrern in den Sattel, und ihr fröhliches Lachen, das sich mit dem Trappeln der Hufe mischte, hallte in den stillen Wäldern wider, klang schwächer und schwächer und erstarb endlich ganz – wo eben noch Lärm und Fröhlichkeit geherrscht hatte, lag nun alles still und verlassen. Ichabod allein blieb zurück nach einer Sitte ländlicher Liebhaber, ein vertrautes Gespräch mit der Erbin zu pflegen, und vollkommen überzeugt, daß er nun auf dem besten Wege zum Erfolg sei. Zu berichten, was in dieser Unterredung vor sich ging, will ich mir nicht anmaßen, oder vielmehr ich weiß es nicht. Irgend etwas, fürchte ich, mußte indessen nicht in Ordnung sein, jedenfalls brach er nach nicht allzu langer Zeit mit ganz betrübter und niedergeschlagener Miene auf. – O diese Weiber! Diese Weiber! Konnte ihm dieses Mädchen einen ihrer koketten Streiche gespielt haben, war die Ermutigung des armen Pädagogen bloß Heuchelei, um sich die Eroberung seines Rivalen zu sichern? Weiß der Himmel –

ich weiß es nicht! Genug, Ichabod schlich fort mit einer Miene, als habe er einen Hühnerstall geplündert und nicht das Herz eines schönen Mädchens. Ohne nach rechts und links zu sehen und dem bäuerlichen Reichtum, an dem er sich so oft geweidet hatte, Beachtung zu schenken, ging er geradenwegs zum Stall, und höchst unliebenswürdig, mit ein paar kräftigen Knuffen und Tritten, trieb er seinen Gaul aus dem bequemen Quartier, in dem er fest schlief und von Bergen von Korn und Hafer und ganzen Tälern von Lieschgras und Klee träumte.

Es war in der Gespensterstunde der Nacht, als sich Ichabod schweren Herzens und niedergeschlagen auf den Heimweg machte, hin am Hange der prächtigen Hügel, die über Lungerstadt aufsteigen und an denen er am Nachmittag so vergnügt vorübergeritten war. Die Stunde war so düster wie sein Gemüt. Weit unter ihm dehnte die Tappaan Zee ihre dunstige und undeutliche Wasserfläche; hier und da sah man den hohen Mast einer Schaluppe, die ruhig in Sichtweite vom Land vor Anker lag. In der Totenstille der Mitternacht konnte er sogar das Bellen eines Wachhundes vom anderen Ufer des Hudson hören; aber es war so verschwommen und schwach, als wolle es ihm nur einen Begriff davon geben, wie weit er von diesem treuen Gefährten des Menschen entfernt sei. Ab und zu tönte auch weit, weit fort das langgezogene Krähen eines Hahns, der gerade erwachte, von irgendeinem Bauernhaus fern zwischen den Hügeln – aber es war in seinen Ohren nur wie ein Laut in einem Traum. Keine Spur von Leben zeigte sich in seiner Nähe, nur hin und wieder tönte das schwermütige Zirpen einer Grille oder der gequetschte Laut eines Ochsenfrosches aus dem nahen Sumpf, als schlafe er unbequem und drehe sich plötzlich in seinem Bett um.

Alle Geschichten von Gespenstern und Kobolden, die er am Nachmittag gehört hatte, kamen ihm nun qualvoll in den Sinn. Dunkler und dunkler wurde die Nacht; die Sterne schienen immer tiefer in den Himmel zu sinken, und treibende Wolken verbargen sie hin und wieder seinem Blick. Nie hatte er sich so einsam und unglücklich gefühlt. Überdies näherte er sich gerade der Stelle, wo die Schauplätze vieler Geistergeschichten beieinander lagen. In der Mitte der Straße stand ein gewaltiger Tulpenbaum, der wie ein Riese über alle anderen Bäume in der Nähe hinausragte und eine Art Wahrzeichen bildete. Seine Zweige waren knorrig und phantastisch, so groß, daß sie die Stämme für gewöhnliche Bäume abgegeben hätten; sie reichten beinahe bis zur Erde hinab und erhoben sich wieder in die Luft. Er stand im Zusammenhang mit der tragischen Geschichte des unglücklichen Andreas, der nahe dabei gefangengenommen worden war, und er war allgemein bekannt unter dem Namen Major Andreas' Baum. Das gewöhnliche Volk betrachtete ihn mit einer Mischung von Ehrfurcht und Aberglauben, zum Teil aus Sympathie mit dem Schicksal seines vom Unglück verfolgten Namenspatrons und zum Teil wegen der Geschichten von seltsamen Erscheinungen, in denen er erwähnt wurde.

Als Ichabod sich diesem furchtbaren Baum näherte, fing er an zu pfeifen; er dachte, sein Pfeifen fände Antwort, aber es war nur ein Luftzug, der scharf durch die trockenen Blätter fuhr. Als er ein wenig näher kam, glaubte er etwas Weißes zu sehen, das in der Mitte des Baumes hing, er hielt an und hörte auf zu pfeifen; aber als er genauer hinsah, bemerkte er, daß es eine Stelle war, wo der Baum vom Blitz versengt war und das weiße Holz bloßlag. Plötzlich hörte er ein Stöhnen – die Zähne klapperten ihm, und seine Knie schlugen gegen den Sattel: Aber es war nur ein riesiger Zweig, der sich am anderen rieb, wie sie so vom Wind herumgetrieben wurden. Er kam sicher am Baum vorbei, aber neue Gefahren lagen vor ihm.

Fast zweihundert Meter vom Baum entfernt kreuzte ein kleiner Bach den Weg und floß in ein sumpfiges, dicht bewaldetes Tal, das unter dem Namen Wileys Moor bekannt war. Ein paar rohe Stämme, Seite an Seite gelegt, dienten als Brücke über das Gewässer. Auf der Seite des Weges, wo der Bach in den Wald eintrat, warf eine Gruppe von Eichen und Kastanien, dicht bewachsen mit wildem Wein, tiefes Dunkel über ihn. Diese Brücke zu passieren war die schwerste Probe. An eben diesem Fleck war es, wo der unglückliche Andreas überfallen worden war, und unter der Bedeckung von Kastanien und Wein waren die kräftigen Büttel verborgen gewesen, die ihn überraschten. Seitdem glaubte man, der Bach wäre verzaubert, und Schuljungen, die allein nach Einbruch der Dunkelheit hier vorbei mußten, fürchteten sich schrecklich.

Als er sich dem Bach näherte, fing sein Herz an heftig zu schlagen, doch er raffte all seinen Mut zusammen, gab seinem Roß ein halbes Dutzend Fußtritte in die Rippen und versuchte sich schnell über die Brücke zu werfen. Aber anstatt vorwärts zu jagen, machte das widerspenstige alte Vieh eine Bewegung nach der Seite und rannte gegen die Einfriedung. Die Verzögerung machte Ichabod immer ängstlicher, er zerrte die Zügel nach der entgegengesetzten Seite und trat kräftig mit dem anderen Fuß; alles war vergebens; der Gaul rannte zwar los, aber auf der anderen Wegseite geriet er in ein Gestrüpp von Brombeer und Holunder. Nun gebrauchte der Schulmeister Peitsche und Fersen an den abgezehrten Rippen des alten Schießpulver; der stürmte vorwärts, schnupperte und schnaubte, aber hart an der Brücke kam er mit einer Plötzlichkeit zum Stehen, die seinen Reiter beinahe der Länge nach über seinen Kopf geschickt hätte. Eben in diesem Augenblick vernahm Ichabods empfindsames Ohr von der Seite der Brücke her ein Rascheln von Schritten. Im dunklen Schatten des Wäldchens am Rande des Baches erblickte er etwas Riesiges, Ungestaltes, schwarz und aufragend. Es regte sich nicht, aber es schien sich in der Düsternis zusammenzuraffen wie ein ungeheuerliches Scheusal, das bereit ist, sich auf den Reisenden zu stürzen.

Auf dem Kopf des angsterfüllten Pädagogen sträubte sich jedes Haar vor Schrecken. Was sollte er tun? Zu wenden und zu fliehen war es jetzt zu spät; und wie hätte man auch einem Geist oder Kobold entfliehen können, der auf den Schwingen des Windes ritt? So nahm er sich also zusammen, und um Mut zu zeigen, fragte er stotternd: »Wer bist du?« Er erhielt keine Antwort und wiederholte seine Frage mit noch erregterer Stimme. Noch immer kam keine Antwort. Wieder knuffte er die Seiten des unbeweglichen Schießpulver, schloß seine Augen und stimmte mit unwillkürlicher Inbrunst eine Psalmenmelodie an. Eben da setzte sich der schattenhafte Gegenstand seiner Schrecken in Bewegung, und mit einem Aufraffen und Sprung stand er auf einmal in der Mitte des Weges. Obwohl die Nacht dunkel und trübe war, konnte man die Form des Unbekannten nun bis zu einem gewissen Grade bestimmen. Es war anscheinend ein Reiter von gewaltiger Größe auf einem schwarzen Roß von riesigem Wuchs. Er machte keine Anstalten, ihn zu belästigen oder sich zu nähern, sondern blieb weit am Wegrand und trabte an der blinden Seite des alten Schießpulver dahin, der nun seine Angst und Widerspenstigkeit überwunden hatte.

Ichabod, der an dem sonderbaren mitternächtlichen Gefährten keinen Geschmack finden konnte und an das Abenteuer von Brom Bones mit dem galoppierenden Hessen dachte, trieb nun sein Pferd an in der Hoffnung, ihn hinter sich zu lassen. Der Fremde jedoch trieb sein Pferd zur gleichen Geschwindigkeit an. Ichabod hielt an und fiel in Schritt, um zurückzubleiben – der andere tat das gleiche. Nun fing er an, den Mut zu verlieren; er versuchte, seine Psalmenmelodie wieder anzustimmen, aber seine vertrocknete Zunge klebte ihm am Gaumen, und er konnte keinen Ton von sich geben. Es war etwas Geheimnisvolles und Erschreckendes in dem mürrischen und hartnäckigen Schweigen seines beharrlichen Begleiters. Dies wurde bald auf furchtbare Weise erklärt. Als sie einen ansteigenden Grund hinanritten, hob sich die Gestalt seines Reitergefährten scharf gegen den Himmel ab, ungeheuerlich in ihrer Höhe und in einen Mantel gehüllt, und Ichabod war starr vor Schrecken, als er sah, daß sie keinen Kopf hatte! Aber noch mehr wuchs seine Angst, als er bemerkte, daß der Kopf, der ihr hätte auf den Schultern sitzen sollen, vor ihr auf dem Sattelknopf lag. Sein Schrecken steigerte sich zur Verzweiflung; er ließ einen Hagel von Tritten und Schlägen auf Schießpulver niedersausen in der Hoffnung, durch eine plötzliche Bewegung seinem Begleiter zu entgehen – aber der Geist hielt gleichen Schritt mit ihm. So jagten sie denn davon, durch dick und dünn, Steine flogen und Funken stoben bei jedem Satz. Ichabods dünne Kleider flatterten in der Luft, wie er im Eifer seiner Flucht seinen langen, dünnen Körper über seines Rosses Kopf hinausschob.

Nun hatten sie den Weg erreicht, der nach Schläfertal abzweigt; aber Schießpulver war wie vom Teufel besessen; anstatt sich darauf zu halten, machte es eine entgegengesetzte Wendung und jagte Hals über Kopf zur Linken den Hügel hinunter. Dieser Weg führte durch ein sandiges Tal, etwa eine Viertel Meile lang von Bäumen beschattet, dann über die Brücke, die von den Gespenstergeschichten her bekannt ist, und dort jenseits erhob sich der grüne Hügel, auf dem die weißgetünchte Kirche stand.

Soweit hatte der Schrecken des Pferdes seinem ungeschickten Reiter offensichtlich einen Vorteil in der Jagd verschafft, aber als er eben die Hälfte des Weges durch das Tal zurückgelegt hatte, gaben die Gurte des Sattels nach, und er fühlte ihn unter sich weggleiten. Er ergriff ihn beim Knopf und versuchte ihn festzuhalten, aber vergebens; er hatte gerade noch Zeit, sich selber zu retten, indem er sich an Schießpulvers Hals anklammerte, als der Sattel zur Erde fiel und er hörte, wie das Pferd seines Verfolgers mit seinen Hufen drüberhin trampelte. Einen Augenblick lang wurde ihm angst vor Hans van Rippers Zorn, denn es war sein Sonntagssattel; aber dies war nicht der Augenblick für kleinliche Furcht; der Geist war ihm hart auf den Fersen, und ungeschickt, wie er als Reiter war, hatte er viel Mühe, seinen Sitz zu behaupten; manchmal rutschte er nach der einen Seite, manchmal nach der anderen, und dann hopste er auf dem hohen Grat von seines Rosses Wirbelsäule mit einer Wucht auf und nieder, daß er wahrhaftig fürchtete, es würde ihn in Stücke reißen.

Eine Lichtung der Bäume weckte in ihm die freudige Hoffnung, daß die Kirchenbrücke erreicht sei, und das schwankende Spiegelbild eines silbernen Sterns auf dem Bachgrund sagte ihm, daß er sich nicht getäuscht hatte. Er sah die Mauern der Kirche undeutlich unter den Bäumen drüben schimmern, und er dachte daran, daß Brom Bones' gespenstischer Rivale an dieser Stelle verschwunden war. Wenn ich nur diese Brücke erreichen kann, dachte

Ichabod, bin ich sicher. Eben da hörte er das schwarze Pferd dicht hinter sich keuchen und schnauben; ihm war, als spürte er schon seinen heißen Atem. Noch ein krampfhafter Tritt in die Rippen, und das alte Schießpulver sprang auf die Brücke, polterte über die donnernden Bretter und gewann das andere Ufer; und nun warf Ichabod einen Blick zurück, um zu sehen, ob sein Verfolger wie üblich in einem Blitz von Feuer oder Schwefel verschwinden würde. Da sah er, wie sich der Geist in den Steigbügeln hob und eben dabei war, den Kopf nach ihm zu schleudern. Ichabod versuchte, dem schrecklichen Wurfgeschoß auszuweichen, doch zu spät. Es traf seinen Schädel mit einem ungeheuren Krach – er ward kopfüber in den Staub gestürzt, und Schießpulver, das schwarze Roß und der Gespensterreiter flogen vorbei wie ein Wirbelwind.

Am nächsten Morgen wurde der alte Gaul ohne seinen Sattel, den Zaum unter den Hufen, gefunden, wie er gelassen das Gras vor seines Herrn Tor abweidete. Ichabod trat zum Frühstück nicht in Erscheinung – die Mittagszeit kam, aber nicht Ichabod. Die Knaben versammelten sich beim Schulhaus und trieben sich müßig am Bachufer herum; aber kein Schulmeister ließ sich blicken. Nun fing Hans van Ripper an, um das Schicksal des armen Ichabod und seines Sattels besorgt zu werden. Erkundigungen wurden eingezogen, und durch eifrige Nachforschungen kam man ihm auf die Spur. An einer Stelle des Weges, der zur Kirche führte, fand man den Sattel in den Schmutz getreten, die Spuren von Pferdehufen hatten sich, offensichtlich in rasender Geschwindigkeit, tief in den Boden gegraben und führten zur Brücke; auf der anderen Seite, an einer breiten Stelle des Bachufers, wo das Wasser tief und schwarz dahinfließt, fand man den Hut des unglücklichen Ichabod und dicht dabei einen zerschmetterten Kürbis.

Der Bach wurde abgesucht, aber der Körper des Schulmeisters war nicht zu finden. Hans van Ripper als Testamentsvollstrecker untersuchte das Bündel, das all seine irdischen Güter enthielt. Sie bestanden aus zwei Hemden und einem halben, zwei steifen Stehkragen, zwei Paar Wollsocken, einem alten Paar baumwollner Unterkleider, einem rostigen Rasiermesser, einem Buch mit Psalmmelodien voller Eselsohren und einer zerbrochenen Stimmgabel. Die Bücher und Möbel des Schulhauses gehörten der Gemeinde, außer Cotton Mathers Geschichte der Hexerei, einem neuenglischen Almanach und einem Buch von Träumen und Wahrsagerei; in dem letzteren fand sich ein Bogen Kanzleipapier, beschmiert und bekleckst mit einigen fruchtlosen Versuchen, Verse zu Ehren der Erbin van Tassel zu verfassen; diese magischen Bücher und die poetische Kritzelei wurden von Hans van Ripper sogleich den Flammen übergeben, und er beschloß, von nun ab seine Kinder nicht mehr zur Schule zu schicken, denn er hatte nie gefunden, daß bei dem ganzen Lesen und Schreiben jemals etwas Gescheites herausgekommen wäre. Das Geld, das der Schulmeister besessen haben mochte – und er hatte sein Vierteljahresgehalt erst einen oder zwei Tage vorher bekommen –, mußte er zur Zeit seines Verschwindens bei sich gehabt haben.

Das geheimnisvolle Ereignis gab am nächsten Sonntag nach der Kirche Anlaß zu mancherlei Vermutungen. Scharen von Gaffern und Schwätzern standen auf dem Friedhof, an der Brücke und an der Stelle beisammen, wo der Hut und der Kürbis gefunden worden waren. Man erinnerte sich an die Geschichten von Brouwer, Bones und einer ganzen Reihe anderer, und als man sie alle fleißig erörtert und mit den Merkmalen des vorliegenden Falles verglichen hatte, schüttelte man den Kopf und kam zu dem

Schluß, Ichabod sei von dem galoppierenden Hessen mitgenommen worden. Da er ein Junggeselle war und bei keinem Schulden hatte, zerbrach sich niemand mehr den Kopf über ihn; die Schule wurde an eine andere Stelle des Tales verlegt, und ein anderer Lehrmeister regierte an seiner Statt.

Allerdings brachte ein paar Jahre danach ein alter Bauer, der auf Besuch unten in New York gewesen war und von dem der Bericht über dieses gespenstische Abenteuer stammt, die Nachricht heim, Ichabod Crane sei noch am Leben; er habe die Gegend zum Teil aus Angst vor dem Gespenst und vor Hans van Ripper verlassen, zum Teil aber auch aus Ärger darüber, daß seine reiche Erbin ihm so plötzlich den Abschied gegeben hatte, und habe sein Quartier weit fort in eine andere Gegend verlegt; dort habe er zugleich unterrichtet und studiert, sei als Advokat zugelassen und Politiker geworden, habe Wahlpropaganda getrieben und für Zeitungen geschrieben und sei endlich zum Richter des Ten-Pound-Court ernannt worden. Auch konnte man beobachten, daß Brom Bones, der kurz nach dem Verschwinden seines Nebenbuhlers die blühende Katrina im Triumph zum Altar führte, immer sehr verschmitzt dreinsah, wenn die Geschichte von Ichabod erzählt wurde, und wenn von dem Kürbis die Rede war, brach er stets in schallendes Gelächter aus, so daß man anfing zu glauben, er wisse mehr von der Sache, als er zu erzählen beliebte.

Die alten Weiber im Dorf jedoch, die in solchen Dingen die besten Richter sind, behaupten bis zum heutigen Tag, daß Ichabod auf übernatürliche Weise weggezaubert worden sei, und es ist eine beliebte Geschichte, die in der Gegend oft an Winterabenden beim Feuer erzählt wird. Vor der Brücke hegte man mehr denn je eine abergläubische Furcht, und deshalb mag wohl der Weg in den letzten Jahren verlegt worden sein, so daß er nun am Rande des Mühlteiches zur Kirche führt. Das verlassene Schulhaus geriet bald in Verfall; man sagte, der Geist des unglücklichen Schulmeisters gehe dort um, und dem Knecht, der an einem stillen Sommerabend nach Hause schlendert, ist es oft, als hörte er in der Ferne eine Stimme eine schwermütige Psalmenmelodie singen in der stillen Einsamkeit vom Schläfertal.

Nachschrift

Gefunden in der Handschrift von Mr. Knickerbocker

Die vorangehende Geschichte ist fast genau in den Worten wiedergegeben, in denen ich sie bei einem Innungstreffen in der alten Stadt der Manhattoes*, bei der viele ihrer klügsten und ausgezeichnetsten Bürger zugegen waren, erzählen hörte. Der Erzähler war ein lustiger, ärmlicher, anständiger Alter in grauschwarzen Kleidern und mit einem sehr spaßigen Gesicht – ich habe ihn stark in Verdacht, daß er arm war – er machte solche Anstrengungen, unterhaltsam zu sein. Als er seine Geschichte beendet hatte, gab es viel Gelächter und Beifall, vor allem von zwei oder drei abgeordneten Stadträten, die die meiste Zeit geschlafen hatten. Doch es war da ein großer, vertrockneter alter Herr mit finsteren Brauen, der immerzu ein gesetztes und ziemlich ernstes Gesicht behielt; dann und wann kreuzte er die Arme, neigte den Kopf und sah zu Boden, als ob ihm in seinem Geiste Zweifel aufstiegen. Er war einer von jenen vorsichtigen Leuten, die niemals ohne guten Grund lachen – nur dann nämlich, wenn sie Vernunft und Gesetz auf ihrer Seite haben. Als sich die Heiterkeit der übrigen Gesellschaft

* New York.

gelegt hatte und wieder Stille herrschte, lehnte er den Ellbogen eines Arms auf seinen Stuhl, stemmte den anderen Arm in die Hüfte und fragte mit einer leichten, aber äußerst geistreichen Bewegung des Kopfes, indem er die Augenbrauen zusammenzog, was die Moral der Geschichte sei und was sie beweisen solle.

Der Geschichtenerzähler, der zur Erfrischung nach seiner Anstrengung eben ein Glas Wein an die Lippen führte, hielt einen Augenblick inne, blickte den Fragenden mit einer Miene unendlicher Unterwürfigkeit an und bemerkte, indem er das Glas langsam absetzte, die Geschichte solle höchst logisch beweisen:

Daß es keine Lage im Leben gebe, die nicht auch ihren Vorteil und ihr Vergnügen hätte, vorausgesetzt, daß wir den Spaß auch annehmen, wo wir ihn finden;

daß daher einer, der sich mit Gespensterreitern in ein Wettrennen einlasse, wahrscheinlich einen stürmischen Ritt haben werde;

ergo, daß es für einen Dorfschulmeister bestimmt eine Stufe zu einer hohen Stellung im Staat bedeute, wenn eine reiche holländische Erbin ihm ihre Hand verweigere.

Der vorsichtige alte Herr runzelte seine Brauen zehnmal so düster nach dieser Erklärung, ziemlich verwirrt von dem Scharfsinn dieser Schlußfolgerung, indessen der Schwarzgraue, dünkte mich, ihn mit einem triumphierenden Seitenblick betrachtete. Endlich bemerkte ersterer, dies alles sei recht gut, aber er fände die Geschichte doch ein wenig überspannt – es seien da ein oder zwei Punkte, über die er Zweifel hege.

»Meiner Treu, Herr«, erwiderte der Geschichtenerzähler, »was das angeht, so glaube ich die Hälfte davon selber nicht.«

D. K.

RIP VAN WINKLE

Eine Schrift aus dem Nachlaß

von

Diedrich Knickerbocker

> Bei Thor, dem Gott der Sachsen,
> Dem Donnerstag, des Donnrers Tag, geweiht,
> Der Wahrheit Licht will ich beständig hüten
> Bis zu dem Tag, an dem sie in mein Grab
> Mich senken ...
>
> Cartwright

Wer einmal den Hudson hinaufgefahren ist, erinnert sich wohl der Kaatskillberge. Sie sind ein vielverzweigter Ast in der Familie der Appalachen, und man sieht sie vom Fluß aus gegen Westen liegen; da steigen sie zu stattlicher Höhe an und beherrschen das ganze Land ringsum. Jeder Wechsel der Jahreszeiten, jeder Wetterwechsel, ja, jede Stunde des Tages verändert die zauberischen Farben und Formen dieser Berge, und alle Frauen nah und fern halten sie für das sicherste Barometer. Wenn das Wetter schön und beständig ist, sind sie in Blau und Purpur gekleidet und zeichnen ihre kühnen Umrisse in den klaren Abendhimmel; aber manchmal, wenn die ganze übrige Landschaft wolkenlos ist, ziehen sie eine Kappe von grauem Dunst um ihre Gipfel, die glänzt und leuchtet dann in den Strahlen der untergehenden Sonne wie ein Glorienschein.

Am Fuße dieser zauberhaften Berge mag der Reisende wohl leicht gekräuselten Rauch gewahren, der von einem Dorf aufsteigt; seine vereinzelten Dächer tauchen zwischen den Bäumen auf, gerade da, wo die blauen Schatten des Hochlandes in das frische Grün der näheren Landschaft herüberfließen. Es ist ein kleines, sehr altertümliches Dorf, das in den früheren Zeiten der Provinz von einigen holländischen Kolonisten gegründet wurde, und zwar zu Beginn der Regierungszeit des guten Peter Stuyvesant (Friede seiner Asche!), und noch vor wenigen Jahren standen dort ein paar Häuser der ursprünglichen Ansiedler, aus kleinen gelben Ziegeln gebaut, die sie aus Holland mitgebracht hatten, mit Gitterfenstern und Giebeln, die von Wetterhähnen gekrönt waren.

In diesem Dorf und just in einem von diesen Häusern (das, um die volle Wahrheit zu sagen, von der Zeit arg mitgenommen und verwittert war) lebte vor vielen Jahren, als das Land noch eine Provinz von Großbritannien war, ein einfacher, gutmütiger Bursche mit Namen Rip van Winkle. Er war ein Nachfahr jener van Winkles, die in den ritterlichen Tagen Peter Stuyvesants eine so glänzende Rolle spielten und ihm auch bei der Belagerung der Festung Christina zur Seite standen. Von dem kriegerischen Wesen seiner Vorfahren hatte er indessen nur wenig geerbt. Wie gesagt, er war ein einfacher, gutmütiger Mensch, daneben war er ein freundlicher Nachbar und ein gehorsamer Ehemann und Pantoffelheld. In dem letzteren Umstand mag freilich jene Sanftmut des Geistes, die ihm so allgemeine Beliebtheit erwarb, ihre Ursache gehabt haben, denn die Männer, die daheim unter der Fuchtel eines bösen Weibes leben, sind am besten dazu geeignet, sich draußen unterwürfig und gewinnend zu zeigen. In dem Feuerofen häuslicher Trübsal wird ihre Natur ganz ohne Zweifel zur Geschmeidigkeit und Nachgiebigkeit geläutert, und eine Gardinenpredigt wiegt alle anderen Predigten der Welt auf, die die Tugenden der Geduld und des langen Leidens lehren. Ein zanksüchtiges Weib mag daher in mancher Hinsicht als ein rechter Segen angesehen werden; und wenn man es so nimmt, war Rip van Winkle dreifach gesegnet.

Jedenfalls war er bei all den guten Weibern im Dorf sehr beliebt; sie nahmen, wie das zarte Geschlecht gewöhnlich, in allen Familienzwistigkeiten für ihn Partei, und wenn sie diese Angelegenheiten in ihrem Abendgeschwätz durchhechelten, versäumten sie nie, Frau van Winkle alle Schuld zuzuschieben. Auch die Kinder des Dorfes schrien vor Freude, wenn er kam. Er half ihnen bei ihren Spielen, machte ihnen Spielzeug, lehrte sie das Drachenfliegen und Murmelnschießen und erzählte ihnen lange Geschichten von Geistern, Hexen und Indianern. Wenn er sich im Dorf herumtrieb, war er von einer ganzen Schar umringt; sie hingen ihm am Rockzipfel, kletterten ihm auf den Rücken und spielten ihm ungestraft tausend Streiche; und kein Hund in der ganzen Gegend bellte ihn an.

Der große Fehler in Rips Natur war eine unüberwindliche Abneigung gegen alle Arten nutzbringender Arbeit. Mangel an Fleiß oder Ausdauer konnte das nicht sein; denn er saß oft auf einem nassen Felsen mit einer Angel, die war lang und schwer wie eine Tatarenlanze, und fischte den ganzen Tag, ohne ein Wort zu sagen, obwohl nicht ein einziges Anbeißen ihn ermutigte. Stundenlang trug er eine Vogelflinte auf der Schulter und marschierte damit mühselig durch Wälder und Sümpfe, hügelauf, hügelab, um ein paar Eichhörnchen oder Wildtauben zu schießen. Er schlug niemals einem Nachbarn die Bitte um Hilfe ab, und wenn es die gröbste Arbeit war; er war der erste, wenn es galt, beim vergnüglichen Maislesen und Zäuneflicken mitzutun. Die Frauen im Dorf gaben ihm gewöhnlich Aufträge, Botengänge für sie zu machen und gelegentlich kleine Arbeiten zu verrichten, die ihnen ihre weniger gefälligen Ehemänner nicht taten. Mit einem Wort, Rip war bereit, aller Leute Geschäfte zu besorgen, nur seine eigenen nicht; und seinen Familienpflichten nachzukommen und seinen Hof in Ordnung zu halten war für ihn unmöglich.

Er behauptete sogar, auf seinem Hof zu arbeiten, hätte gar keinen Zweck. Es sei das miserabelste Stückchen Boden im ganzen Land. Alles darauf ginge schief und würde auch ohne ihn schiefgehen; seine Zäune zerfielen dauernd in Stücke; seine Kuh verirrte sich oder geriet in den Kohl; Unkräuter wuchsen auf seinen Feldern bestimmt viel schneller als irgendwo sonst. Der Regen machte sich einen Spaß daraus, immer gerade dann anzufangen, wenn er etwas draußen zu tun hatte; obwohl nun also seine väterliche Besitzung unter seiner Wirtschaft dahingeschwunden war, Acker für Acker, bis nicht viel mehr davon übrigblieb als nur ein Fleck Mais und Kartoffeln, war sie doch von allen benachbarten Bauernhöfen noch im schlechtesten Zustand.

Auch seine Kinder liefen so wild und zerlumpt herum, als gehörten sie zu niemandem. Sein Sohn Rip, ein Schlingel, der ganz nach ihm geriet, versprach, mit den alten Kleidern seines Vaters auch seine Gewohnheiten anzunehmen. Für gewöhnlich war er wie ein Fohlen seiner Mutter auf den Fersen, angetan mit einem Paar von seines Vaters abgelegten Hosen, und er hatte viel Mühe, sie mit einer Hand hochzuhalten, wie eine feine Dame bei schlechtem Wetter ihre Schleppe hält.

Rip van Winkle indessen war einer jener glücklichen Sterblichen von dummguter, geschmeidiger Natur, die die Welt leichtnehmen, weißes Brot essen oder auch schwarzes – welches von beiden gerade mit weniger Nachdenken und Mühe beschafft werden kann, und die lieber für einen Penny verhungern als für ein Pfund arbeiten. Wäre er sich selbst überlassen gewesen, er hätte sich in restloser Zufriedenheit sein Leben lang eins gepfiffen;

aber sein Weib lag ihm ständig in den Ohren mit seiner Faulheit und Nachlässigkeit und daß er seine Familie ins Unglück bringe. Unaufhörlich ging ihre Zunge von früh bis spät, und alles, was er sagte oder tat, verursachte gewiß einen Ausbruch häuslicher Beredsamkeit. Auf all diese Lektionen hatte Rip nur eine einzige Erwiderung, und die war ihm durch häufigen Gebrauch zur Gewohnheit geworden. Er zuckte die Schultern, schüttelte den Kopf und blickte gen Himmel, aber er sagte nichts. Dies forderte indessen immer eine neue Wortflut seiner Frau heraus, so daß er am liebsten seine Streitkräfte zurückzog und außerhalb des Hauses seine Zuflucht suchte – in der Tat das einzige Feld, das einem Pantoffelhelden überlassen bleibt.

Rips einziger Anhänger im Haus war sein Hund Wolf, ebenso ein Pantoffelheld wie sein Herr; Frau van Winkle betrachtete sie als Spießgesellen in ihrer Faulheit und warf selbst auf Wolf böse Blicke, da er ihr die Ursache dafür zu sein schien, daß sein Herr sich so oft herumtrieb. Zwar war er in seinem Charakter, wie es sich für einen ehrenwerten Hund geziemt, so mutig, wie nur je ein Tier die Wälder durchstreifte – aber welcher Mut kann dem immerwährenden und alles übertönenden Schrecken einer Weiberzunge Widerstand leisten? In dem Augenblick, in dem Wolf das Haus betrat, ließ er den Kopf hängen, sein Schwanz senkte sich zur Erde oder klemmte sich zwischen seine Beine, er schlich mit einer Galgenmiene umher, warf manchen Seitenblick auf Frau van Winkle, und bei der geringsten Schwingung von Besenstiel oder Schaufel floh er kläffend und überstürzt zur Tür.

Und wie die Ehejahre so dahingingen, wurden die Zeiten für Rip van Winkle immer schlechter und schlechter; ein schroffes Wesen mildert sich nicht mit dem Alter, und eine scharfe Zunge ist das einzige geschärfte Werkzeug, das durch ständigen Gebrauch immer schärfer wird. Lange Zeit tröstete er sich gewöhnlich, wenn er von zu Hause vertrieben war, indem er eine Art von immer tagendem Klub besuchte, dem alle Weisen, Philosophen und Faulenzer aus dem Dorfe angehörten; sie hielten ihre Sitzungen auf einer Bank vor einem kleinen Gasthaus ab, das durch ein rötliches Bild Seiner Majestät Georgs III. bezeichnet war. Hier pflegten sie im Schatten zu sitzen, träge Sommertage lang, redeten gleichgültig über Dorfgeschwätz oder erzählten endlose schläfrige Geschichten von nichts und wieder nichts. Aber es wäre das Geld jedes Staatsmannes wert gewesen, die tiefsinnigen Diskussionen anzuhören, die zuweilen geführt wurden, wenn ihnen zufällig von einem Reisenden, der vorüberkam, eine Zeitung in die Hände fiel. Wie andächtig lauschten sie dann dem Inhalt, der von Derrick van Bummel, dem Schulmeister, einem schmucken, gescheiten kleinen Mann, der sich von dem gewaltigsten Wort im Wörterbuch nicht einschüchtern ließ, langsam vorgelesen wurde; und wie weise beratschlagten sie über öffentliche Begebenheiten ein paar Monate, nachdem sie sich ereignet hatten!

Die Meinungen dieses Rates standen ganz und gar unter der Aufsicht von Nicholas Vedder, einem Dorfältesten, dem Wirt des Gasthauses, vor dessen Tür er von früh bis spät seinen Sitz hatte, darauf er sich eben nur soviel bewegte, um die Sonne zu meiden und im Schatten eines großen Baumes zu bleiben, so daß die Nachbarn nach seinen Bewegungen die Stunde ebenso genau bestimmen konnten wie nach einer Sonnenuhr. Freilich hörte man ihn selten sprechen, aber unaufhörlich rauchte er seine Pfeife. Seine Anhänger indessen (denn jeder große Mann hat seine Anhänger) verstanden ihn vollkommen und wußten wohl, wie sie auf seine Meinung schließen mußten. Wenn irgend etwas, das vorgelesen oder berichtet wurde, ihm nicht gefiel, so konnte man sehen, wie er seine Pfeife ungestüm rauchte und viele kurze, ärgerliche Züge ausstieß; wenn er aber erfreut war, so zog er den Rauch langsam und ruhig ein und blies ihn in lichten, sanften Wolken aus; und manchmal nahm er seine Pfeife aus dem Mund, ließ den duftigen Rauch um seine Nase wirbeln und nickte ernsthaft mit dem Kopf, ein Zeichen völliger Zustimmung.

Selbst aus dieser Festung aber wurde der unglückliche Rip endlich von seinem zanksüchtigen Weib vertrieben; es brach plötzlich in den Frieden der Versammlung ein und schalt die Mitglieder alle Nichtsnutze; nicht einmal die erlauchte Persönlichkeit Nicholas Vedders selbst war sicher vor der dreisten Zunge dieses furchtbaren Zankteufels, und sie bezichtigte ihn geradeheraus, daß er ihren Mann zu seinem Faulenzerleben noch ermutige.

Der arme Rip wurde endlich fast zur Verzweiflung getrieben, und der einzige Weg, der Hofarbeit und dem Gezänk seines Weibes zu entgehen, war der, daß er das Gewehr zur Hand nahm und in den Wäldern herumstreifte. Hier setzte er sich zuweilen am Fuß eines Baumes nieder und teilte den Vorrat in seiner Tasche mit Wolf, für den er als Leidensgefährten in der Verfolgung rechtes Mitgefühl hegte. »Armer Wolf«, sagte er, »dein Frauchen läßt dich freilich ein Hundeleben führen; aber laß nur, mein Alter, solange ich lebe, soll es dir nie an einem Freund fehlen, der dir beisteht!« Dann wedelte Wolf mit dem Schwanz, sah seinem Herrn nachdenklich ins Gesicht, und wenn Hunde Mitleid fühlen können, glaube ich wahrhaftig, er erwiderte das Gefühl von ganzem Herzen.

Auf einem solchen langen Streifzug an einem prächtigen Herbsttag hatte Rip, ohne es zu merken, einen der höchsten Teile der Kaatskillberge erstiegen. Er war bei seiner Lieblingsbeschäftigung, dem Eichhörnchenschießen, und die stille Einöde hallte wider vom Knallen seiner Büchse. Keuchend und erschöpft warf er sich spät am Nachmittag auf einen grünen Hügel, der, mit Berggras bewachsen, den Rand eines Abhanges krönte. Von einer Lichtung zwischen den Bäumen konnte er auf viele Meilen hin die reichen Waldungen des Flachlandes überblicken. In der Ferne, weit, weit unter sich, sah er den stolzen Hudson, wie er still, aber majestätisch seines Weges zog, mit dem Widerschein einer purpurfarbenen Wolke oder mit dem Segel einer langsamen Barke, die hier und da an seinem gläsernen Herzen schlief, und wie er sich endlich in den blauen Bergländern verlor.

Auf der anderen Seite sah er hinab in ein tiefes Bergtal; auf seinen Grund, der unbebaut, verlassen und unwirtlich dalag, war Geröll von den überhängenden Felsen gestürzt, und die untergehende Sonne mit dem Widerschein ihrer Strahlen spendete ihm kaum ihr Licht. Eine Weile lag Rip träumerisch in diesen Anblick versunken; langsam wurde es Abend; die Berge begannen ihren langen blauen Schatten über die Täler zu werfen; er sah, daß es dunkel sein würde, lange bevor er das Dorf erreichen konnte, und er tat einen schweren Seufzer, als er daran dachte, wie er dem Zorn der Frau van Winkle begegnen sollte.

Als er sich zum Abstieg anschickte, hörte er aus der Ferne eine Stimme rufen: »Rip van Winkle! Rip van Winkle!« Er sah sich um, konnte aber nichts weiter entdecken als eine Krähe, die in einsamem Flug über den Berg segelte. Er dachte, seine Phantasie habe ihn genarrt, und wandte sich wieder zum Abstieg, als er denselben

Schrei durch die stille Abendluft hallen hörte: »Rip van Winkle! Rip van Winkle!« Zugleich krümmte Wolf seinen Rücken, drückte sich mit einem leisen Knurren an die Seite seines Herrn und sah furchtsam in das Tal hinunter. Rip fühlte nun, wie eine unbestimmte Furcht ihn überkam. Ängstlich blickte er in dieselbe Richtung und bemerkte eine sonderbare Gestalt, die langsam und mühselig über die Felsen heraufkletterte und sich unter einer Last beugte, die sie auf dem Rücken trug. Er war überrascht, ein menschliches Wesen in dieser öden und wenig begangenen Gegend zu sehen; aber da er glaubte, es sei einer aus der Nachbarschaft, der seine Hilfe brauche, eilte er hinab, um ihm beizustehen.

Beim näheren Herankommen war er noch erstaunter über die seltsame Erscheinung des Fremden. Es war ein kleiner, breitgebauter Alter mit dickem, buschigem und grauem Bart. Er war nach der alten holländischen Mode gekleidet – er trug ein Stoffwams, um die Taille gegürtet, und mehrere Paar Kniehosen, die obersten von reichlichem Umfang, an den Seiten herunter mit Knopfreihen geschmückt und mit einem Bund an den Knien. Auf der Schulter trug er ein bauchiges Fäßchen, das anscheinend mit Likör gefüllt war, und er bedeutete Rip, er solle herankommen und ihm bei seiner Last helfen. Rip betrachtete zwar diese neue Bekanntschaft ziemlich scheu und mißtrauisch, aber dennoch willigte er mit seiner gewöhnlichen Bereitwilligkeit ein; so lösten sie sich denn gegenseitig ab und stiegen dabei eine enge Schlucht hinauf, anscheinend das ausgetrocknete Bett eines Gebirgsflusses. Wie sie so hinanstiegen, hörte Rip hin und wieder ein langes, rollendes Getöse wie ferner Donner, das aus einer tiefen Schlucht zu steigen schien oder vielmehr aus einer Kluft zwischen zwei hohen Felsen, zu denen ihr schroffer

Pfad hinführte. Einen Augenblick lang hielt er an, aber dann glaubte er, es sei das Grollen solch eines rasch vorübergehenden Gewitterschauers, wie sie in den hohen Bergen oft vorkommen, und ging weiter. Sie durchquerten die Schlucht und kamen zu einer Senke, die einem kleinen Amphitheater glich, von steilen Hängen umgeben, über deren Ränder sich Bäume neigten und ihre Zweige herabhängen ließen, so daß sich nur flüchtige Blicke auf den azurblauen Himmel und das leuchtende Abendgewölk auftaten. Die ganze Zeit über waren Rip und sein Gefährte schweigend dahingestapft; denn wenn sich der erste auch ziemlich verwundert fragte, was es wohl für einen Sinn haben solle, ein Likörfäßchen den öden Berg hinaufzuschleppen, war doch um den Unbekannten etwas Sonderbares und Unbegreifliches, das Furcht einflößte und Vertraulichkeit ausschloß.

Als sie das Amphitheater betraten, fand er neuen Grund, sich zu wundern. Auf einem ebenen Platz in der Mitte war eine kuriose Gesellschaft beim Kegeln. Alle waren auf wunderliche, fremdländische Art gekleidet; ein paar trugen kurze Wämser, andere Wämser mit langen Messern im Koppel, und die meisten von ihnen hatten gewaltige Hosen, in ähnlichem Schnitt wie die seines Führers. Auch ihre Gesichter waren sonderbar; einer hatte einen großen Kopf, ein breites Gesicht und kleine Schweinsäuglein, das Gesicht eines anderen schien ganz aus Nase zu bestehen und wurde beherrscht von einer weißen, zuckerhutartigen Kopfbedeckung mit einer kleinen roten Hahnenfeder. Sie hatten alle Bärte von verschiedenen Formen und Farben; einer schien der Anführer zu sein. Es war ein untersetzter Alter mit einem wetterharten Gesicht. Er trug ein geschnürtes Wams, einen breiten Gürtel mit einem Gehenk, einen spitzen hohen Hut mit einer Feder, rote Strümpfe und hochhackige Schuhe mit Mustern darin. Die ganze Gruppe erinnerte Rip van Winkle an die Figuren auf einem alten flämischen Gemälde in der guten Stube von Dominic van Shaick, dem Dorfpastor, das zur Zeit der Ansiedlung von Holland herübergebracht worden war.

Was Rip besonders merkwürdig vorkam, war dies, daß die Leute, obwohl sie sich offensichtlich amüsierten, doch die ernstesten Mienen zur Schau trugen und die geheimnisvollste Stille bewahrten, und so gaben sie die trübseligste Vergnügungspartie ab, die er je gesehen hatte. Nichts unterbrach die Stille dieses Schauspiels als das Geräusch der Kugeln, das wie das polternde Grollen des Donners in den Bergen widerhallte, wenn sie gerollt wurden.

Als Rip und sein Gefährte sich ihnen näherten, hörten sie plötzlich auf zu spielen, starrten ihn mit unbewegten Blicken an wie Bildsäulen, mit so sonderbaren, wilden und doch glanzlosen Augen, daß ihm fast das Herz stehenblieb und ihm die Knie zitterten. Sein Gefährte leerte nun den Inhalt des Fasses in große Flaschen und machte ihm Zeichen, die Gesellschaft zu bedienen. Er gehorchte mit Furcht und Zittern; in tiefer Stille tranken sie den Likör und wandten sich dann wieder ihrem Spiel zu.

Nach und nach verließ ihn seine Angst. Als keiner nach ihm sah, wagte er sogar, das Getränk zu probieren, und er fand, es hatte viel von dem Geschmack von ausgezeichnetem Holländer. Er war von Natur aus eine durstige Seele und bald in Versuchung, noch einen Schluck zu tun. Ein Schlückchen trieb ihn zum nächsten; und er wiederholte seine Besuche bei der Flasche so oft, daß seine Sinne endlich umnebelt wurden, daß es ihm vor den Augen schwamm, sein Kopf immer tiefer sank und er in einen schweren Schlaf fiel.

Beim Aufwachen fand er sich auf dem grünen Hügel,

von wo er zuerst den alten Mann aus dem Tal gesehen hatte. Er rieb sich die Augen – es war ein strahlender, sonniger Morgen. Die Vögel hüpften und zwitscherten in den Büschen, und hoch droben kreiste der Adler und warf sich dem klaren Bergwind entgegen. Bestimmt, dachte Rip, habe ich nicht die ganze Nacht hier geschlafen. Dann fiel ihm ein, was sich ereignet hatte, bevor er eingeschlafen war. Der merkwürdige Mann mit dem Likörfäßchen – die Bergschlucht – der wilde Schlupfwinkel zwischen den Felsen – die traurige Kegelpartie – die Flasche. Oh! Diese Flasche! Diese verdammte Flasche, dachte Rip. Wie soll ich mich bei Frau van Winkle herausreden!

Er sah sich nach seiner Büchse um, aber statt der sauberen, gut geschmierten Vogelflinte fand er eine alte Muskete neben sich liegen, das Kolbenrohr mit einer Kruste von Rost überzogen; das Schloß fiel ab, und der Griff war von Würmern zerfressen. Nun schöpfte er Verdacht, die ernsthaften Zecher vom Berg hätten ihm einen Streich gespielt und ihm sein Gewehr gestohlen, nachdem sie ihm eine Portion Likör verabfolgt hatten. Auch Wolf war verschwunden; aber der mochte hinter einem Eichhörnchen oder einem Rebhuhn her sein. Er pfiff nach ihm und rief seinen Namen, aber alles war vergebens; das Echo wiederholte sein Pfeifen und Rufen, aber kein Hund ließ sich blicken.

Er beschloß, noch einmal den Ort jenes abendlichen Spiels aufzusuchen und, wenn er irgend jemanden von der Gesellschaft treffen würde, seinen Hund und seine Büchse zu verlangen. Als er sich zum Gehen erhob, merkte er, daß er in den Gelenken ganz steif war und daß es ihm an seiner gewohnten Beweglichkeit fehlte. Diese Bergbetten bekommen mir nicht, dachte Rip, und wenn mir der Spaß einen Anfall von Rheumatismus einbringt, werde ich nichts zu lachen haben bei Frau van Winkle. Mit einiger Mühe kam er ins Tal hinunter; er fand die Bachschlucht, die nach oben führte und in der er und sein Genosse am vorhergehenden Abend aufgestiegen waren; aber zu seinem Erstaunen floß schäumend ein Gebirgsfluß darin herab, der von Fels zu Felsen sprang und das Tal mit plätscherndem Geräusch erfüllte. Er unternahm jedoch alle Anstrengungen, an der Seite hinaufzuklettern, bahnte sich mühselig seinen Weg durch Dickichte von Birken, Sassafras und Zauberhasel, manchmal zu Fall gebracht oder verstrickt von wildem Wein, der seine Schlingen und Ranken von Baum zu Baum flocht und eine Art Netzwerk über seinen Pfad spannte.

Endlich gelangte er zu dem Platz, wo sich die Schlucht durch die Felsen zu dem Amphitheater geöffnet hatte. Aber von der Öffnung war keine Spur geblieben. Die Felsen bildeten einen hohen, undurchdringlichen Wall, über den sich der Gebirgsfluß mit einem Gewoge von flockigem Schaum in ein breites, tiefes Becken hinabstürzte, das schwarz war von den Schatten des Waldes ringsum. Hier wurde nun der gute Rip aufgehalten. Wieder rief und pfiff er nach seinem Hund; nur das Krächzen einer Schar von faulen Krähen antwortete ihm; die trieben sich hoch in der Luft um einen vertrockneten Baum herum, der sich über einen sonnigen Hang neigte, und es war, als lugten sie aus ihrer sicheren Höhe herunter und machten sich über die Verwirrung des armen Mannes lustig. Was tun? Der Morgen ging vorbei, und Rip war hungrig, denn er hatte nicht gefrühstückt. Es bedrückte ihn, seinen Hund und sein Gewehr verloren zu geben; er fürchtete sich, seinem Weib unter die Augen zu kommen, aber schließlich konnte er auch nicht hier in den Bergen verhungern. Er schüttelte den Kopf, schulterte die rostige Muskete und wandte seine Schritte heimwärts, das Herz voller Sorgen und Angst.

Als er sich dem Dorf näherte, traf er eine Menge Leute, aber er kannte keinen von ihnen, und das wunderte ihn ein wenig, denn er hatte gedacht, er kenne jeden im Land ringsum. Auch zeigten ihre Kleider eine andere Mode, als er sie gewöhnt war. Sie alle starrten ihn mit den gleichen Zeichen des Erstaunens an, und wenn sie ihre Blicke auf ihn richteten, strichen sie sich, einer wie der andere, das Kinn. Die beständige Wiederkehr dieser Geste veranlaßte Rip unwillkürlich, das gleiche zu tun, und da fand er zu seinem Erstaunen, daß sein Bart einen Fuß lang gewachsen war.

Nun hatte er die Dorfgrenze überschritten. Eine Schar fremder Kinder war ihm auf den Fersen, lärmte hinter ihm her und zeigte auf seinen grauen Bart. Auch die Hunde, unter denen er keinen alten Bekannten wiederfand, bellten ihn an, als er vorüberging. Selbst das Dorf war verändert; es war größer und belebter geworden; Häuserreihen standen da, die er nie zuvor gesehen hatte, und seine vertrauten Schlupfwinkel waren verschwunden. Fremde Namen standen über den Türen, fremde Gesichter sahen aus den Fenstern – alles war fremd. Nun wurde ihm bange; er begann zu glauben, eins von beiden müsse verhext sein, entweder die Welt um ihn her oder er selber. Dies war gewiß sein Heimatdorf, das er erst am Tage vorher verlassen hatte. Da standen die Kaatskillberge – da in der Ferne floß der silberne Hudson; jeder Hügel, jedes Tal war genau, wie es immer gewesen war – Rip wunderte sich gewaltig. Diese Flasche heute nacht, dachte er, hat mir ja meinen armen Kopf ganz schrecklich durcheinandergebracht.

Er hatte ziemliche Mühe, den Weg zu seinem eigenen

Haus zu finden, und er näherte sich ihm in stummer Angst, jeden Augenblick gefaßt, die schrille Stimme der Frau van Winkle zu vernehmen. Er fand das Haus verfallen, das Dach eingestürzt, die Fenster zerschlagen und die Türen aus den Angeln. Ein halb verhungerter Hund, der aussah wie Wolf, schlich darum. Rip rief ihn mit Namen; aber der Köter knurrte, zeigte die Zähne und lief weiter. Das war wirklich eine unfreundliche Begrüßung. »Sogar mein eigener Hund hat mich vergessen«, seufzte der arme Rip.

Er trat in das Haus, das Frau van Winkle – um der Wahrheit die Ehre zu geben – immer sauber und ordentlich gehalten hatte. Es war verlassen, und man hatte es offensichtlich aufgegeben. Diese Verlassenheit besiegte alle seine ehelichen Ängste, er rief laut nach seinem Weib und seinen Kindern, die einsamen Zimmer hallten einen Augenblick von seiner Stimme wider, und dann war es wieder still.

Nun eilte er fort und hastete zu seiner alten Zuflucht, dem Dorfgasthaus, aber auch das war fort. Ein hoher, gebrechlicher Holzbau stand an seiner Statt, mit großen glotzenden Fenstern; ein paar von ihnen waren zerbrochen, alte Hüte und Unterröcke in die Löcher gestopft, und über die Tür war gemalt: »Unionhotel von Jonathan Doolittle«. An Stelle des großen Baumes, der das stille, kleine holländische Gasthaus von einst beschirmt hatte, war jetzt eine hohe, nackte Stange aufgerichtet mit etwas an der Spitze, das aussah wie eine rote Nachtmütze, und daran flatterte eine Fahne mit einer eigenartigen Zusammenstellung von Sternen und Streifen – dies alles war sonderbar und unbegreiflich. Auf dem Gasthausschild erkannte er indessen das rötliche Gesicht von König Georg, unter dem er so manche friedliche Pfeife geraucht hatte;

aber selbst dies war merkwürdig verändert. Der rote Mantel war blau und ledergelb geworden, in der Hand hielt der König ein Schwert statt eines Zepters, der Kopf war mit einem Dreispitz geschmückt, und darunter stand in großen Buchstaben geschrieben: »George Washington«.

Vor der Tür war wie gewöhnlich eine Menge Volks versammelt, aber keiner, den Rip gekannt hätte. Selbst der Charakter der Menschen schien verwandelt. An die Stelle des gewohnten Phlegmas und der trägen Ruhe war ein lebhafter, geschäftiger und streitsüchtiger Ton getreten. Vergebens suchte er den weisen Nicholas Vedder mit seinem breiten Gesicht, seinem Doppelkinn und seiner schönen langen Pfeife, der kein leeres Geschwätz von sich gab, sondern nur Wolken von Tabakrauch; und den Schulmeister van Bummel, der allen den Inhalt einer alten Zeitung vorlas. An ihrer Stelle hielt ein dürrer, mürrisch aussehender Mensch, die Tasche voll gedruckter Zettel, eine heftige Rede über Bürgerrechte – Wahlen – Mitglieder des Kongresses – Freiheit – Bunker Hill – die Helden von 76 und andere Worte, daß der verblüffte van Winkle sich wie im Sprachengewirr zu Babel fühlte.

Die Erscheinung Rips mit seinem langen grauen Bart, seiner verrosteten Vogelflinte, seiner seltsamen Kleidung und dem Heer von Weibern und Kindern, das ihm auf den Fersen folgte, zog bald die Aufmerksamkeit der Wirtshauspolitiker auf sich. Sie drängten sich um ihn und betrachteten ihn von Kopf bis Fuß mit größter Neugier. Der Redner kam sogleich herbei, zog ihn etwas beiseite und fragte, welche Partei er wähle. Rip starrte ihn verständnislos und dumm an. Ein anderer, untersetzter, aber rühriger kleiner Mann zog ihn beim Arm, stellte sich auf die Zehenspitzen und fragte ihn ins Ohr, ob er Föderativer oder Demokrat sei. Wie er diese Frage verstehen sollte, wußte

Rip ebensowenig; da bahnte sich ein stattlicher, wichtigtuerischer alter Herr in einem großen Dreispitz seinen Weg durch die Menge, stieß sie mit dem Ellbogen rechts und links, wie er vorüberging, pflanzte sich vor van Winkle auf, eine Hand in die Seite gestemmt, die andere auf dem Stock ruhend, und indem er mit seinen lebhaften Augen und dem großen Hut sozusagen bis in sein Innerstes vorstieß, fragte er in strengem Ton, was ihn zur Wahl mit einem Gewehr auf der Schulter und einer Menschenmenge auf den Fersen führe und ob er im Dorf einen Aufruhr machen wolle. »Ach ihr Herren«, rief Rip recht erschreckt, »ich bin ein armer friedlicher Mann, ein Ansässiger hier im Ort und ein redlicher Untertan des Königs, Gott segne ihn!«

Hier brach unter den Umstehenden ein großes Geschrei los: »Ein Tory! Ein Tory! Ein Spion! Ein Flüchtling! Jagt ihn! Weg mit ihm!« Mit großer Mühe stellte der wichtigtuerische Mann im Dreispitz die Ordnung wieder her; und mit einem zehnfachen Ernst im Gesicht fragte er den unbekannten Verbrecher wieder, woher er komme und was er suche? Der arme Kerl versicherte bescheiden, er habe gar nichts Böses im Sinn, sondern sei nur auf der Suche nach seinen Nachbarn hergekommen, die sich gewöhnlich um das Wirtshaus herum aufgehalten hätten. »Nun – wer sind sie denn, und wie heißen sie?«

Rip bedachte sich eine Weile und fragte dann: »Wo ist Nicholas Vedder?«

Einen Augenblick lang war Stille, dann erwiderte ein alter Mann mit dünner, pfeifender Stimme: »Nicholas Vedder? Nun, der ist schon seit achtzehn Jahren tot! Auf dem Friedhof war eine hölzerne Grabtafel, auf der stand alles mögliche über ihn, aber die ist auch schon morsch geworden und zerfallen!«

»Wo ist Brom Dutcher?«

»Ach, der mußte bei Kriegsanfang zum Heer; ein paar sagen, er ist beim Sturm auf Stony-Point gefallen, andere sagen, er ist in einem Sturm am Fuße von Antony's Nose ertrunken. Ich weiß es nicht, aber er ist jedenfalls nie wiedergekommen.«

»Wo ist van Bummel, der Schulmeister?«

»Der ist auch in den Krieg gezogen, war ein großer General bei der Miliz und ist jetzt im Kongreß.«

Das Herz blieb Rip stehen, als er davon hörte, wie sich alles bei ihm daheim und bei seinen Freunden so betrüblich verändert habe, und als er sich selber so allein in der Welt fand. Auch verwirrte ihn jede Antwort, denn da war von einer so ungeheuer langen Zeit die Rede und von lauter Dingen, die er nicht begreifen konnte, Krieg – Kongreß – Stony-Point; er hatte nicht den Mut, noch nach anderen Freunden zu fragen, sondern er rief nur voller Verzweiflung: »Kennt keiner hier Rip van Winkle?«

»Oh, Rip van Winkle!« riefen zwei oder drei. »Natürlich! Das ist Rip van Winkle, der da drüben am Baum lehnt.«

Rip sah hin und erblickte das genaue Gegenstück seiner selbst, zu der Zeit, da er in die Berge gestiegen war: anscheinend genauso faul und gewiß genauso abgerissen. Nun war der arme Alte vollkommen verwirrt. Er zweifelte an seiner eigenen Person und wußte nicht mehr, ob er nun er selber oder ein anderer Mensch sei. Mitten in diese Verwirrung fragte nun der Mann im Dreispitz, wer er sei und wie sein Name laute?

»Weiß Gott«, rief er aus, denn nun war er mit seiner Weisheit am Ende, »ich bin nicht ich selber – ich bin irgend jemand anderes – da drüben das bin ich – nein, das ist irgend jemand, der ist in meine Haut gekrochen – gestern abend war ich noch ich, aber auf dem Berg bin ich eingeschlafen, und sie haben mir mein Gewehr vertauscht und alles vertauscht, und ich bin vertauscht, und ich kann meinen Namen nicht sagen, und ich weiß nicht mehr, wer ich bin.«

Nun fingen die Umstehenden an, sich anzusehen, zu nicken, bedeutungsvoll zu zwinkern und sich mit dem Finger an die Stirn zu tippen. Es ging auch ein Flüstern um, man solle das Gewehr in Verwahrung nehmen und den Alten davon abhalten, Unheil anzurichten, bei welchem Vorschlag sich der selbstbewußte Herr im Dreispitz etwas überstürzt zurückzog. In diesem kritischen Augenblick drängte sich eine frische, hübsche Frau durch die Menge, um einen Blick auf den graubärtigen Mann zu werfen. Sie hatte ein pausbäckiges Kind auf dem Arm, das bei seinem Anblick erschreckt zu weinen anfing. »Still, Rip«, rief sie, »still, du kleiner Narr. Der alte Mann tut dir doch nichts.«

Der Name des Kindes, das Aussehen der Mutter, der Ton ihrer Stimme, dies alles rief viele Erinnerungen in ihm wach. »Wie heißt Ihr, gute Frau?« fragte er.

»Judith Gardenier.«

»Und Eures Vaters Name?«

»Ach, der Arme! Rip van Winkle hieß er; es ist zwanzig Jahre her, daß er mit seinem Gewehr von zu Hause fortgegangen ist, und seitdem haben wir nichts mehr von ihm gehört – sein Hund kam ohne ihn heim; aber keiner weiß, ob er sich erschossen hat oder von den Indianern verschleppt worden ist. Ich war damals noch ein kleines Mädchen.«

Nur eine Frage mußte Rip nun noch stellen, aber er sprach sie mit unsicherer Stimme aus: »Wo ist Eure Mutter?«

»Ach, die ist erst vor kurzem gestorben. Sie hatte einen

Schlaganfall aus Wut über einen neuenglischen Hausierer.«

Diese Nachricht war doch wenigstens ein Lichtblick. Der ehrliche Alte konnte sich nun nicht länger zurückhalten. Er schloß seine Tochter und ihr Kind in die Arme. »Ich bin dein Vater«, rief er, »früher der junge Rip van Winkle – heute der alte! Kennt denn keiner den armen Rip van Winkle?«

Alle standen erstaunt, bis eine alte Frau aus der Menge herauswankte und mit der Hand die Augen schirmte; einen Augenblick lang blickte sie ihm ins Gesicht, dann rief sie aus: »Aber sicher! Das ist Rip van Winkle! Ja, das ist er! Willkommen zu Hause, alter Nachbar! Wo bist du denn nur gewesen die ganzen zwanzig Jahre?«

Rips Geschichte war schnell erzählt, denn die ganzen zwanzig Jahre waren ihm nur wie eine Nacht vorgekommen. Die Nachbarn machten große Augen, als sie das hörten; ein paar konnte man sehen, die blinzelten sich zu und verbissen sich das Lachen; und der aufgeblasene Herr im Dreispitz, der auf das Schlachtfeld zurückgekehrt war, als sich die Unruhe gelegt hatte, zog die Mundwinkel herunter und schüttelte den Kopf – worüber ein allgemeines Kopfschütteln in der ganzen Versammlung anhob.

Man beschloß indessen, die Meinung des alten Peter Vanderdonk anzuhören, den man langsam die Straße daherkommen sah. Er war ein Nachfahr des Geschichtsschreibers gleichen Namens, der einen der ersten Berichte über die Provinz geschrieben hat. Peter war der älteste Dorfbewohner und wohlbewandert in allen wunderbaren Ereignissen und Überlieferungen der Gegend. Er erkannte Rip sogleich und bestätigte seine Geschichte durchaus zufriedenstellend. Er versicherte der Menge, es sei eine Tatsache, schon von seinem Vorfahren, dem Geschichtsschreiber, überliefert, daß in den Kaatskillbergen schon immer seltsame Wesen herumspukten. Es sei bestätigt, daß der große Hendrick Hudson, der erste Entdecker von Fluß und Land, dort alle zwanzig Jahre eine Art Nachtwache mit seiner Gesellschaft vom Halben Mond verbracht habe; und daß es ihm so erlaubt gewesen sei, den Schauplatz seiner Unternehmungen noch einmal zu besuchen und ein wachsames Auge auf den Fluß und die große Stadt zu werfen, die nach ihm benannt waren. Daß sein Vater sie einmal gesehen habe in ihren alten holländischen Kleidern, wie sie in einem Bergtal Kegel schoben, und daß er selbst an einem Sommernachmittag das Rollen ihrer Kugeln gehört habe wie fernes Gewittergrollen.

Nun, um es kurz zu machen, die Gesellschaft zerstreute sich und wandte sich wieder den wichtigeren Wahlgeschäften zu. Rips Tochter nahm ihn mit sich heim, denn er sollte bei ihr wohnen. Sie hatte ein behagliches, hübsch eingerichtetes Haus und einen kräftigen, fröhlichen Bauern zum Mann, in dem Rip einen von den Schlingeln wiedererkannte, die ihm immer auf den Rücken geklettert waren. Rips Sohn und Erbe, sein Ebenbild, das er am Baum hatte lehnen sehen, war auf dem Bauernhof beschäftigt; aber er zeigte eine ererbte Neigung, alles andere eher als seine Arbeit zu tun.

Rip nahm nun wieder seine alten Spaziergänge und Gewohnheiten auf. Bald fand er viele seiner früheren Bekannten, aber die Jahre waren nicht spurlos an ihnen vorübergegangen; so zog er es vor, sich unter dem heranwachsenden Geschlecht seine Freunde zu suchen, und bei ihm stand er bald in hoher Gunst.

Da er zu Hause nichts zu tun hatte und in das glückliche Alter gekommen war, in dem sich einer ungestraft dem Nichtstun hingeben darf, nahm er wieder seinen Platz auf der Bank an der Tür des Gasthauses ein, und man verehrte ihn als einen der Ältesten im Dorfe und als Chronik aus den alten Zeiten »vor dem Kriege«. Es dauerte eine Weile, bis er wieder in das richtige Fahrwasser kam mit dem Geschwätz und bis man ihm die seltsamen Geschehnisse begreiflich machen konnte, die sich während seines Schlafes ereignet hatten, zum Beispiel, daß es einen Revolutionskrieg gegeben hatte, daß das Land das Joch des alten England abgeworfen hatte – daß er nun nicht mehr ein Untertan Seiner Majestät Georgs III. war, sondern ein freier Bürger der Vereinigten Staaten. Rip war eigentlich kein Politiker, die Veränderung in Staaten und Kaiserreichen machte auf ihn nur wenig Eindruck. Aber eine Tyrannei gab es, unter der hatte er lange geseufzt: das Weiberregiment, und das war glücklicherweise zu Ende gegangen; er hatte seinen Hals aus der Schlinge der Ehe gezogen und konnte aus und ein gehen, wie es ihm gefiel, ohne die Schreckensherrschaft der Frau van Winkle zu fürchten. Doch wenn ihr Name genannt wurde, schüttelte er den Kopf, zuckte die Schultern und richtete seinen Blick nach oben, und das konnte dann entweder als Ausdruck der Ergebenheit in sein Schicksal oder aber als Freude über seine Befreiung gelten.

Jedem Fremden, der in Mr. Doolittles Hotel kam, erzählte er seine Geschichte. Zuerst konnte man beobachten, daß er sie jedesmal, wenn er sie erzählte, in einigen Punkten veränderte, und das kam wohl daher, daß er erst vor so kurzer Zeit aufgewacht war. Endlich wurde die Geschichte dann genauso festgelegt, wie ich sie berichtet habe, und es war kein Mann, keine Frau und kein Kind in der Gegend, die sie nicht auswendig gewußt hätten. Einige behaupteten immer, sie zweifelten daran, daß sie wahr sei, und bestanden darauf, in Rips Kopf sei etwas nicht ganz richtig; überhaupt hätte man sich auf seinen Kopf nie so recht verlassen können. Die alten holländischen Einwohner jedoch schenkten ihm fast alle vollen Glauben. Noch bis auf den heutigen Tag sagen sie immer, wenn an Sommernachmittagen ein Gewitter überm Kaatskill steht, Hendrick Hudson und seine Bande seien beim Kegeln, und gar manch einer von all den Ehemännern in der Gegend, die unterm Pantoffel stehen, wünscht sich, wenn er das Leben einmal so richtig satt hat, einen Schlummertrunk aus Rip van Winkles Flasche zu tun.

Anmerkung

Man möchte meinen, Herr Knickerbocker sei zu der vorstehenden Erzählung durch eine kleine deutsche Sage über Kaiser Friedrich Rotbart und den Kyffhäuser angeregt worden; die beigefügte Anmerkung, die er der Erzählung folgen ließ, zeigt jedoch, daß es durchaus eine Tatsache ist, die er mit der ihm eigenen Worttreue berichtet hat:

»Die Geschichte von Rip van Winkle mag vielen unglaublich scheinen, aber ich schenke ihr trotzdem vollen Glauben; denn ich weiß, daß die Umgebung unserer alten holländischen Siedlungen an wunderbaren Ereignissen und Erscheinungen sehr reich ist. Ich habe sogar noch viel seltsamere Geschichten gehört als die in den Dörfern am Hudson, und sie sind alle so zuverlässig, daß sie keinen Zweifel erlauben. Ich habe sogar selbst mit Rip van Winkle gesprochen, der, als ich ihn das letzte Mal sah, ein sehr ehrwürdiger Alter war und so vollkommen vernünftig und klar denkend in jeder anderen Hinsicht, daß ich finde, ein gewissenhafter Mensch müsse ihm auch dies glauben. Ja, ich habe sogar eine Bescheinigung darüber gesehen, die von einem Standgericht ausgefertigt und mit einem Kreuz in des Richters eigener Schrift unterzeichnet ist. Die Geschichte kann also auf keinen Fall in Zweifel gezogen werden.

D. K.«

DER GEISTERBRÄUTIGAM

*Bericht eines Reisenden**

Für wen das Abendmahl gerichtet ist,
Der wird gewiß heut Nacht noch kalt und bleich!
Noch gestern führte ich ihn in sein Schlafgemach,
Heut Nacht hat Graustahl ihm sein Bett gemacht.
Sir Eger, Sir Graham und Sir Graustahl

Auf dem Gipfel einer Anhöhe des Odenwaldes, einer wildromantischen Gegend im Herzen Deutschlands unweit des Zusammenflusses von Main und Rhein, stand vor vielen, vielen Jahren die Burg des Barons von Landshort. Heute ist sie nur noch eine beklagenswerte Ruine, beinahe ganz unter Buchen und dunklen Fichten verborgen. Über den Baumwipfeln kann man jedoch noch den alten Wachturm ausmachen, der sich wie der vormalige Burgherr nach Kräften bemüht, den Kopf stolz und hoch zu tragen und von oben herab auf die Landschaft ringsum zu schauen.

Der Baron, ein welkes Reis am Stammbaum der großen Familie Katzellenbogen**, hatte die kümmerlichen Reste des Besitzes und den ganzen Stolz seiner Ahnen geerbt. Obwohl die kampflustige Ader seiner Vorfahren den Familienbesitz arg geschmälert hatte, bemühte sich der Baron nach Kräften, zumindest den Anschein früheren

* Gelehrten Lesern, die sich bestens in allen überflüssigen Wissenschaften auskennen, wird hier nicht entgangen sein, daß der alte Schweizer den oben aufgeführten Bericht einer kleinen französischen Anekdote verdankt, die ihm wohl in Paris erzählt wurde.

** Der Name einer einstmals großen und mächtigen Familie in jener Gegend. Der Name wurde Berichten zufolge einst einer unvergleichlichen Dame aus jener Familie verliehen, ein Kompliment für die wunderschöne Gestalt ihres Arms.

Glanzes zu wahren. Es waren friedliche Zeiten. Die deutschen Edelleute waren von ihren ungemütlichen alten Burgen, die wie Adlerhorste hoch zwischen den Berggipfeln thronten, in die Täler herabgestiegen und hatten sich dort bequemere Residenzen errichtet. Doch der Baron wohnte weiterhin stolz hoch droben in seiner kleinen Festung und hegte liebevoll und mit ererbter Hartnäckigkeit alle alten Familienfehden. Folglich stand er auf schlechtem Fuß mit einigen seiner nächsten Nachbarn, wegen Streitigkeiten, die sich einst zwischen den Ururgroßvätern entsponnen hatten.

Der Baron hatte ein einziges Kind, eine Tochter. Doch die Natur entschädigt, wenn sie nur ein Kind schenkt, die Eltern stets dadurch, daß sie ihnen ein Wunderkind beschert. So verhielt es sich auch mit der Tochter des Barons. Alle Kinderfrauen, Klatschbasen und ländlichen Verwandten – und wer sollte es besser wissen? – versicherten dem Baron, daß die junge Dame in ganz Deutschland an Schönheit ihresgleichen suche. Das Mädchen war zudem in der sorgfältigsten Obhut zweier altjüngferlicher Tanten aufgewachsen, die in jungen Jahren einige Zeit an einem der kleineren deutschen Fürstenhöfe verbracht hatten und sich folglich in all jenen Bereichen der Bildung auskannten, die für die Erziehung einer vornehmen jungen Dame vonnöten sind. In ihren Händen entwickelte sie die wunderbarsten Talente. Noch ehe sie ihr achtzehntes Jahr vollendet hatte, konnte sie herrliche Stickereien fertigen und hatte ganze Heiligengeschichten mit solcher Ausdrucksstärke in Tapisserien gewirkt, daß die frommen Menschen dreinblickten wie arme Seelen im Fegefeuer. Sie konnte ohne größere Schwierigkeiten lesen und hatte sich bereits durch einige fromme Legenden buchstabiert und beinahe ganz durch die ritterlichen Wunder des Heldenbuchs gekämpft. Sie zeigte sogar im Führen der Feder bemerkenswerte Fertigkeiten: sie konnte mit ihrem Namen unterschreiben, ohne einen einzigen Buchstaben auszulassen, und das so deutlich und leserlich, daß ihre Tanten es ohne Brille zu entziffern vermochten. Sie tat sich hervor in der Herstellung kleiner, eleganter und nutzloser damenhafter Nippessachen aller Art. Die bizarrsten Tänze ihrer Zeit waren ihr vertraut. Sie zupfte eine Reihe von Melodien auf der Harfe und auf der Gitarre und kannte alle zarten Balladen des Minnesangs auswendig.

Die Tanten, die in jüngeren Jahren selbst zur Genüge geflirtet und kokettiert hatten, waren wunderbar als aufmerksame Tugendwächterinnen ihrer Nichte geeignet. Denn es gibt wohl kaum eine Gouvernante, die so streng und umsichtig wäre und so unerschütterlich tugendhaft wie eine in die Jahre gekommene Kokette. Die beiden ließen das Mädchen kaum je aus den Augen. Nie wagte es die junge Dame, die Burgmauern hinter sich zu lassen, es sei denn in guter Begleitung oder vielmehr unter Bewachung. Sie mußte ständig Moralpredigten über strenge Zucht und Ordnung und bedingungslosen Gehorsam über sich ergehen lassen. Und was Männer betraf – pah! –, da brachte man ihr bei, sie so auf Abstand zu halten und ihnen so sehr zu mißtrauen, daß sie ohne entsprechende Genehmigung nie gewagt hätte, auch nur den schüchternsten Blick auf den schönsten Kavalier der Welt zu werfen, nein, nicht einmal, wenn er halbtot zu ihren Füßen geschmachtet hätte.

Die guten Früchte dieser Erziehung waren offensichtlich. Die junge Dame war ein Muster an Fügsamkeit und Korrektheit. Während andere ihre süßen Reize im grellen Licht der Welt verschwendeten und Gefahr liefen, von jedermann im Vorbeigehen abgepflückt und verworfen zu werden, erblühte sie im Schutze dieser makellosen alten Jungfern im Verborgenen zu frischer, lieblicher Fraulichkeit, wie eine zarte Rosenknospe, die unter dem Schutz wachsamer Dornen heranwächst. Die Tanten betrachteten sie voller Stolz und Freude und rühmten sich, andere junge Damen möchten vielleicht in der Welt in die Irre gehen, aber Gott sei Dank würde der Erbin von Katzellenbogen nichts dergleichen widerfahren.

Wenn der Baron von Landshort auch mit Kindern nur spärlich gesegnet war, so war sein Haushalt doch mitnichten klein. Ein gütiges Geschick hatte ihm nämlich arme Verwandte im Überfluß beschert. Allen gemeinsam war diesen die liebevolle Natur, die sämtlichen ärmlichen Vettern eigen ist, sie waren dem Baron aufs wunderbarste verbunden und ergriffen jede sich bietende Gelegenheit, um in hellen Scharen zur Burg zu strömen und sie mit Leben zu erfüllen. Alle Familienfeste wurden von diesen lieben Menschen auf Kosten des Barons feierlich begangen, und wenn sie so recht satt und wohlgemut waren, dann verkündeten sie, es sei doch nichts auf dieser Welt so herrlich wie Familienfeiern, diese Jubelfeste des Herzens!

Der Baron war zwar ein schmächtiger Mann, aber er hatte eine große Seele, und die schwoll ihm in stolzer Freude in der Brust, in dem Bewußtsein, der größte Mann in seiner kleinen Welt zu sein. Er erzählte mit Begeisterung lange Geschichten über die finsteren alten Krieger, deren Bildnisse düster von den Wänden herabblickten. Und er fand keine Zuhörer, die ihm mit mehr Hingabe gelauscht hätten als die Gäste, die sich gerade auf seine Kosten labten. Er war ein großer Freund des Wundersamen und glaubte unverrückbar an die Erzählungen von übernatürlichen Kräften, mit denen alle Berge und Täler

Deutschlands reich gesegnet sind. Der Wunderglaube seiner Gäste überstieg den seinen noch. Sie lauschten mit staunend aufgesperrten Mäulern und weit aufgerissenen Augen seinen Erzählungen und waren auch nach der hundertsten Wiederholung noch immer wieder verblüfft. So lebte nun der Baron von Landshort, das Orakel seiner Tafelrunde, der absolute Herrscher in seinem kleinen Reich und vor allen Dingen ein glücklicher Mensch, der überzeugt war, der weiseste Mann seiner Zeit zu sein.

Zu der Zeit, in der meine Geschichte sich ereignete, fand auf der Burg ein großes Familientreffen statt, das sich mit einer Frage von äußerster Bedeutung beschäftigte: Man wollte den zukünftigen Bräutigam der Tochter des Barons willkommen heißen. Der Vater und ein alter bayerischer Edelmann waren nach langen Verhandlungen übereingekommen, die beiden ehrwürdigen Häuser durch die Verheiratung ihrer Kinder zu verbinden. Die nötigen Vorgespräche waren mit angemessener Korrektheit und Genauigkeit geführt worden. Die jungen Leute wurden miteinander verlobt, ehe sie einander in Augenschein genommen hatten. Und es wurde der Tag für die Eheschließung festgesetzt. Man hatte zu diesem Zweck den jungen Grafen von Altenburg eigens vom Heeresdienst zurückberufen, und er war unterwegs zum Wohnsitz des Barons, um seine Braut aus den Händen ihres Vaters entgegenzunehmen. Aus Würzburg, wo er durch Unwägbarkeiten aufgehalten wurde, hatte man Botschaften von ihm erhalten, die Tag und Stunde seiner erwarteten Ankunft mitteilten.

In der Burg herrschte heller Aufruhr, man bereitete alles für ein angemessenes Willkommen vor. Die schöne Braut wurde mit außergewöhnlicher Sorgfalt zurechtgemacht. Die beiden Tanten hatten persönlich ihre Toilette überwacht und den ganzen Morgen miteinander über jede Einzelheit ihres Gewandes gezankt. Die junge Dame hatte Vorteil aus diesem Wettstreit gezogen, um die Vorlieben ihres eigenen Geschmacks durchzusetzen; zum Glück war ihr Geschmack gut. Sie sah so wunderhübsch aus, wie es sich ihr jugendlicher Bräutigam nur erträumen konnte. Und die leise Aufregung der Erwartung ließ ihre vorzüglichen Reize nur noch heller strahlen.

Die leise Röte, die Gesicht und Nacken überzog, das unmerkliche Beben ihres Busens, das hie und da in träumerische Ferne schweifende Auge, all das verriet den zarten Aufruhr ihres kleinen Herzens. Ständig flatterten die Tanten um sie herum, denn altjüngferliche Tanten nehmen gewöhnlich überaus großen Anteil an derlei Angelegenheiten. Sie versahen sie mit unendlich vielen guten Ratschlägen, wie sie sich zu verhalten habe, was sie sagen solle, wie sie ihren in Kürze zu erwartenden Geliebten zu begrüßen habe.

Der Baron war nicht minder mit Vorbereitungen beschäftigt. Er hatte eigentlich, um der Wahrheit die Ehre zu geben, nichts Bestimmtes zu tun; aber er war von Natur ein geschäftiger, rastloser kleiner Mann und konnte nicht untätig bleiben, wenn rundherum die ganze Welt in höchster Eile nur so summte. Also durchmaß er mit unendlich besorgter Miene die Burg von den Zinnen bis zum Keller, rief beständig die Bediensteten von ihrer Arbeit, um sie zu äußerster Sorgfalt zu mahnen, und surrte durch jeden Saal und jedes Gemach und war so unnütz und ruhelos und unerwünscht wie eine dicke Schmeißfliege an einem warmen Sommertag.

In der Zwischenzeit hatte man das gemästete Kalb geschlachtet. In den Wäldern war der fröhliche Lärm der Jäger erschallt. Die Küchen waren voller köstlicher Speisen.

Die Keller hatten wahre Ozeane von Rheinwein und Firnewein spenden müssen, sogar das große Heidelberger Faß hatte seinen Beitrag geleistet. Alles war bereit, um den noblen Herrn mit Saus und Braus im wahren Geiste deutscher Gastlichkeit zu empfangen. Aber der Bräutigam ließ auf sich warten. Stunde um Stunde verging. Die Sonne, die ihre Strahlen auf die üppigen Forste des Odenwaldes herabgeschickt hatte, blinzelte nun nur noch über die Gipfel der Berge. Der Baron bestieg den höchsten Turm und strengte seine Augen mächtig an, in der Hoffnung, in weitester Ferne noch den Grafen und sein Gefolge auszumachen. Einmal meinte er sie zu sehen; Hörnerklang schwebte vom Tal herauf und wurde vom Echo der Berge verstärkt. Weit unten waren einige Reiter zu sehen, wie sie langsam die Straße entlangkamen. Doch als sie beinahe den Fuß des Berges erreicht hatten, nahmen sie plötzlich eine andere Richtung. Der letzte Sonnenstrahl war verschwunden, schon begannen im Dämmerlicht die Fledermäuse vorbeizuhuschen, die Straße war immer schwächer auszumachen, und es schien sich nichts darauf zu rühren nur ab und zu ein Landmann, der nach des Tages Arbeit gemächlich nach Hause trottete.

Während die altehrwürdige Burg Landshort noch im Zustand äußerster Verwunderung verharrte, begab sich in einem anderen Teil des Odenwaldes etwas sehr Interessantes.

Der junge Graf von Altenburg ritt ruhig und gelassen des Weges, in jenem nüchternen Trott, mit dem sich ein Mann auf die Eheschließung zubewegt, wenn seine Freunde ihm alle Sorgen und Ungewißheiten der Brautwerbung abgenommen haben und er sich am Ende der Reise seiner Braut so sicher sein kann wie eines guten

Abendessens. In Würzburg war er mit einem jugendlichen Waffenbruder zusammengetroffen, mit dem er eine Weile an der Grenze Dienst getan hatte – Hermann von Starkenfaust war einer der tapfersten Kämpfer und großherzigsten Recken im deutschen Ritterstand, der eben vom Kriegsdienst nach Hause zurückkehrte. Die Burg seines Vaters befand sich unweit der alten Festung Landshort, wenn auch die Familien in Erbfehde lagen und nicht miteinander bekannt waren.

Im freudigen Augenblick des Erkennens erzählten die jungen Freunde einander all ihre vergangenen Abenteuer und Geschicke, und der Graf gab die ganze Geschichte seiner bevorstehenden Vermählung mit einer jungen Dame zum besten, die er nie gesehen hatte, deren Liebreiz man ihm aber in den höchsten Tönen gepriesen hatte.

Da die Freunde den gleichen Weg hatten, kamen sie überein, den Rest der Reise miteinander zu verbringen. Um mehr Muße zu haben, wollten sie schon zu früher Stunde in Würzburg aufbrechen. Der Graf hatte seinem Gefolge Anweisung gegeben, ihm später nachzufolgen und ihn schließlich einzuholen.

Die beiden Freunde verkürzten sich die Reisestunden durch ergötzliche Erinnerungen an ihre Erlebnisse und Abenteuer während des Kriegsdienstes. Nur war der Graf geneigt, ab und an ein wenig eintönig zu werden, wenn er sich immer wieder über den vermeintlichen Liebreiz seiner Braut und die ihn erwartende Glückseligkeit ausließ.

Unter diesem Zeitvertreib waren sie inzwischen in die Berge des Odenwaldes gelangt und überquerten eine der einsamsten und dichtest bewaldeten Paßstraßen. Es ist wohlbekannt, daß die Wälder Deutschlands von ebenso vielen Wegelagerern heimgesucht werden wie die Burgen dieses Landes von Gespenstern. Und zu jener Zeit waren die ersteren besonders zahlreich, weil Horden von entlassenen Söldnern durch die Lande streiften. Es überrascht also nicht, daß die Kavaliere mitten im tiefsten Wald von einer Bande solcher Strolche angegriffen wurden. Sie wehrten sich tapfer, waren jedoch beinahe schon unterlegen, als das Gefolge des Grafen zu ihrer Rettung herbeieilte. Bei diesem Anblick floh das Räubergesindel, aber nicht ohne dem Grafen zuvor eine tödliche Wunde beigebracht zu haben. Langsam und vorsichtig schaffte man ihn zurück in die Stadt Würzburg, und ein Mönch, der für sein Geschick bei der Heilung von Leib und Seele berühmt war, wurde eilends aus einem nahegelegenen Kloster herbeigerufen. Aber die eine Hälfte seiner Fertigkeiten war nicht mehr vonnöten, denn die Stunden des unglückseligen Grafen waren gezählt.

Mit dem letzten Atemzuge flehte er seinen Freund an, sich unverzüglich zur Burg Landshort zu begeben und dort zu verkünden, welch schicksalsschwerer Grund ihn daran hindere, die Verabredung mit seiner künftigen Braut einzuhalten. Er war vielleicht nicht der feurigste Liebhaber, dafür aber ein überaus korrekter Mann, und er schien in höchstem Maße besorgt, daß dieser Auftrag unverzüglich und in geziemender Form ausgeführt werden sollte. »Ich werde in meinem Grabe nicht eher Ruhe finden«, beteuerte er, »als bis dies geschehen ist!« Die letzten Worte wiederholte er noch einmal mit seltsam feierlicher Stimme. Eine in einem so bewegenden Augenblick ausgesprochene Bitte ließ keinerlei Zögern zu. Starkenfaust tat sein möglichstes, ihn zu beruhigen, versprach, seinen Wunsch getreulich zu erfüllen, und gab ihm zum feierlichen Versprechen die Hand darauf. Der Sterbende bestätigte dies mit einem festen Händedruck, verfiel aber schon bald in ein Delirium, phantasierte von seiner Braut, seinem Versprechen, seinem Ehrenwort, bestellte sein Pferd, auf daß er zur Burg Landshort reite, und verschied bei der Vorstellung, in den Sattel zu springen.

Starkenfaust seufzte tief und vergoß eine Soldatenträne über den frühen Tod seines Kameraden. Dann sann er über die schwierige Aufgabe nach, die er übernommen hatte. Das Herz war ihm schwer, und der Kopf schwirrte ihm. Denn er sollte sich als ungebetener Gast mitten unter feindlich gesonnene Menschen begeben und ihre Feststimmung durch eine Nachricht verderben, die all ihre Hoffnungen zerstören würde. Und doch regte sich in seinem Busen ein leises Flüstern der Neugier, das Verlangen, diese weithin berühmte Schönheit aus dem Hause Katzellenbogen zu sehen, die man so sorgfältig vor aller Welt verborgen hielt. Er war nämlich ein leidenschaftlicher Verehrer des weiblichen Geschlechts, und in seiner Natur gab es eine launige und unternehmungslustige Ader, der er seine Vorliebe für alle absonderlichen Abenteuer verdankte.

Vor der Abreise traf er noch mit der frommen Bruderschaft des Klosters alle notwendigen Vereinbarungen für die Beisetzungsfeierlichkeiten seines Freundes, der im Dom zu Würzburg in der Nähe einiger seiner illustren Vorfahren bestattet werden sollte. Das trauernde Gefolge des Grafen kümmerte sich um seine sterbliche Hülle.

Es ist nun höchste Zeit, wieder zu der alten Familie Katzellenbogen zurückzukehren, die ungeduldig auf ihren Gast und noch ungeduldiger auf ihr Abendessen wartete. Und zum ehrenwerten kleinen Baron, den wir auf luftiger Höhe draußen auf dem Wachturm zurückgelassen haben.

Die Nacht senkte sich herab, und noch immer traf der Gast nicht ein. Voller Verzweiflung stieg der Baron vom

Turm. Das Bankett, das man Stunde um Stunde verschoben hatte, konnte nun nicht mehr länger warten. Das Fleisch war ohnehin schon mehr als gar, der Küchenmeister war höchst verstört, und der gesamte Haushalt wirkte wie eine vom Hunger ausgezehrte Burgbesatzung. Widerwillig mußte der Baron den Befehl erteilen, das Fest in Abwesenheit des Ehrengastes zu beginnen. Alle hatten sich bei Tisch niedergelassen und wollten gerade anfangen, als Hörnerklang vor dem Burgtor die Ankunft eines Fremden vermeldete. Ein weiterer langer Hornruf schallte durch die alten Burghöfe, und von den Zinnen erklang die Antwort des Wächters. Hastig eilte der Baron hinaus, um seinen zukünftigen Schwiegersohn zu empfangen.

Man hatte die Zugbrücke herabgelassen, und der Fremde stand vor dem Burgtor. Er war ein hochgewachsener, eleganter Kavalier auf einer schwarzen Stute. Sein Antlitz war blaß, doch sein Auge blitzte schwärmerisch, und es umgab ihn eine würdevolle Melancholie. Der Baron empfand es als beschämend, daß der junge Herr so schlicht und ohne Begleitung erschienen war. Einen Augenblick fühlte er sich ein wenig in seiner Würde verletzt und war durchaus geneigt zu vermuten, daß es der junge Mann am nötigen Respekt gegenüber diesem bedeutenden Anlaß fehlen ließe – und auch gegenüber der wichtigen Familie, mit der er sich zu verbinden gedachte. Er beruhigte sich jedoch mit dem Gedanken, daß wohl jugendliche Ungeduld den jungen Mann dazu verleitet hatte, seinem Gefolge davonzupreschen.

»Ich bin untröstlich«, hob der Fremde an, »mich zu so unschicklicher Stunde bei Euch einzufinden ...«

Aber schon unterbrach ihn der Baron mit einem Schwall von Komplimenten und Begrüßungsworten;

denn er rühmte sich fürwahr seiner Höflichkeit und Beredsamkeit. Ein- oder zweimal versuchte der Fremde, dem Wortschwall etwas entgegenzusetzen, aber vergebens. Und so senkte er nur den Kopf und ließ dem Redefluß weiter freien Lauf. Ehe der Baron Atem holte, hatten die beiden schon den Burghof erreicht. Wiederum hob der Fremde zum Reden an, als er erneut unterbrochen wurde, diesmal durch den weiblichen Teil der Familie, der ihm die schüchterne und hold errötende Braut zuführte. Einen Augenblick lang schaute er sie wie im Traum an, es schien ihm, als strahlte seine ganze Seele aus diesem einen Blick und ruhte auf diesem wunderschönen Antlitz. Eine der altjüngferlichen Tanten flüsterte dem Mädchen etwas ins Ohr. Die junge Frau versuchte zu sprechen, scheu hob sie die glänzenden blauen Augen zu dem Fremden, warf ihm einen kurzen, forschenden Blick zu und schaute sofort wieder zu Boden. Die Worte versagten ihr. Aber um ihre Lippen spielte ein süßes Lächeln, und ein weiches Grübchen in ihrer Wange verriet, daß der Anblick durchaus zu ihrem Wohlgefallen gewesen war. Einem Mädchen im zarten Alter von achtzehn Lenzen, das der Liebe und dem Ehestand höchst zugeneigt war, blieb einfach nichts anderes übrig, als an einem so galanten Kavalier Gefallen zu finden.

Die späte Ankunft des Gastes ließ wenig Zeit für lange Verhandlungen. Der Baron verschob kategorisch alle weiteren Unterredungen auf den folgenden Morgen und eilte voraus zum noch immer unberührten Festessen.

Das Bankett wurde im großen Rittersaal der Burg aufgetragen. Ringsum an den Wänden hingen die Porträts der grimmigen Helden aus dem Hause Katzellenbogen und die Trophäen, die diese auf dem Feld der Ehre und bei der Jagd errungen hatten. Zerhackte Brustpanzer, zersplitterte Lanzen und zerfetzte Banner mischten sich mit der Beute des Waldkampfes: Der Rachen des Wolfes und die Hauer des Keilers schauten grausig zwischen den Armbrüsten und Streitäxten hervor, und zu Häupten des jungen Bräutigams verzweigte sich das mächtige Geweih eines Hirsches.

Der Kavalier schenkte weder der Gesellschaft noch der Unterhaltung viel Aufmerksamkeit. Er kostete die Speisen kaum, schien vielmehr völlig in die Bewunderung der Braut versunken. Er sprach mit ihr in leisen Tönen, die kein anderer mithören konnte – denn nie ist die Sprache der Liebe laut; aber welches weibliche Ohr wäre so taub, daß es nicht das leiseste Flüstern des Geliebten vernähme? Im Verhalten des Jünglings mischten sich Zärtlichkeit und Ernst, die eine hinreißende Wirkung auf die junge Dame zu haben schienen. Sie wurde abwechselnd rot und blaß, während sie mit höchster Aufmerksamkeit seinen Worten lauschte. Ab und zu brachte sie errötend eine Antwort vor. Und wenn er die Augen abgewandt hatte, warf sie einen schnellen verstohlenen Blick auf seine romantische Gestalt und seufzte zärtlich vor Glück. Es lag auf der Hand, daß das junge Paar völlig ineinander vernarrt war. Die Tanten, die mit den Geheimnissen des Herzens aufs beste vertraut waren, erklärten, die beiden seien auf den ersten Blick in Liebe entflammt.

Das Fest nahm munter seinen Lauf, oder zumindest lärmend, denn die Gäste waren alle mit jenem gesunden Appetit gesegnet, der mit leeren Börsen und dünner Bergluft einhergeht. Der Baron erzählte seine besten und längsten Geschichten, und nie zuvor hatte er sie so gut und mit so hervorragender Wirkung zum besten gegeben. Wenn Wunderbares geschah, verloren sich seine Gäste in Staunen. Wenn sich Lustiges ereignete, so lachten sie gewiß genau an der rechten Stelle. Der Baron war, um der Wahrheit die Ehre zu geben, wie die meisten großen Männer zu würdevoll, um irgendeinen Scherz zu machen, es sei denn einen überaus langweiligen. Der wurde dann aber immer mit einem großen Humpen vom exzellenten Hochheimer Wein hinuntergespült. Und sogar ein langweiliger Scherz ist, wenn man ihn an der eigenen Tafel und mit einem guten alten Wein kredenzt, einfach unwiderstehlich. So manches Bonmot wurde von beschränkteren und von klügeren Geistern geäußert, das nur bei ähnlichen Anlässen einer Wiederholung standhalten würde. Viel Gewagtes wurde in die Ohren der Damen geflüstert und ließ die Zuhörerinnen vor unterdrücktem Gelächter erbeben; und ein armer, aber fröhlicher und mondgesichtiger Vetter des Barons grölte ein, zwei Lieder, die die beiden altjüngferlichen Tanten hinter vorgehaltenen Fächern verschwinden ließen.

Inmitten all dieser fröhlichen Zecher bewahrte der fremde Gast einen überaus eigentümlichen und unangebrachten Ernst. In seiner Miene spiegelte sich, je weiter der Abend voranschritt, eine immer tiefere Verzweiflung. Und wie seltsam es auch anmuten mag: Selbst die Scherze des Barons schienen ihn nur noch melancholischer zu stimmen. Manchmal wirkte er völlig gedankenverloren, manchmal verstört, und sein ruhelos wandernder Blick verriet einen gemarterten Geist. Seine Gespräche mit der Braut wurden zunehmend ernster und geheimnisvoller. Finstere Wolken senkten sich über die strahlende Heiterkeit ihrer Stirn, und ein Beben erschütterte ihre zarte Gestalt.

All dies konnte der Tischgesellschaft nicht entgehen. Ihre Fröhlichkeit wurde durch die unerklärliche Schwermut des Bräutigams gedämpft. Seine Stimmung schlug auf sie über, man flüsterte miteinander und warf sich Blicke zu, zuckte mit den Schultern und schüttelte ratlos den Kopf. Lieder und Lachen verstummten immer mehr, und in den Gesprächen ergaben sich trostlose Pausen, die schon bald mit wilden Geschichten und Erzählungen von übersinnlichen Erscheinungen ausgefüllt wurden. Eine Schauermär führte zur nächsten, noch schauerlicheren. Der Baron erschreckte einige Damen bis zu einem schier hysterischen Anfall, als er die Geschichte von dem Geisterreiter erzählte, der die schöne Lenore raubte, eine furchtbare Begebenheit, die mittlerweile von einem Dichter in hervorragende Verse gefaßt wurde und die alle Welt gelesen hat und für wahr nimmt.

Der Bräutigam lauschte der Geschichte höchst aufmerksam. Er hielt die Augen fest auf den Baron gerichtet. Während die Erzählung ihrem Ende entgegenging, erhob sich der junge Mann langsam von seinem Stuhle, wurde größer und immer größer, bis er schließlich im entrückten Auge des Barons beinahe wie ein Riese aufzuragen schien. Kaum war die Geschichte beendet, da stieß er einen tiefen Seufzer aus und verabschiedete sich mit feierlichen Worten von der Festversammlung. Alle waren baß erstaunt. Der Baron stand wie vom Donner gerührt.

»Was! Ihr wollt die Burg um Mitternacht verlassen? Nun, alles ist für Euren Empfang bereit, ein Gemach wartet auf Euch, wenn Ihr Euch zurückzuziehen wünscht.«

Traurig und geheimnisvoll schüttelte der Fremde den Kopf: »Ich muß heute nacht mein Haupt in einem anderen Gemach zur Ruhe betten.«

Etwas in seiner Antwort und an dem Ton, mit dem sie vorgebracht wurde, ließ den Baron im Grunde seines Herzens erschauern. Aber er raffte all seine Kräfte zusammen und beteuerte immer wieder seine Gastfreundschaft.

Der Fremde schüttelte bei jedem Anerbieten nur

stumm, aber hartnäckig den Kopf. Er verabschiedete sich mit einer Handbewegung von der Festgemeinde und ging gemessenen Schrittes feierlich aus dem Saal. Die altjüngferlichen Tanten waren völlig zu Stein erstarrt, die Braut ließ den Kopf hängen, ein Tränchen rann ihr aus dem Augenwinkel.

Der Baron folgte dem Fremden auf den großen Burghof. Dort stampfte das schwarze Roß schon mit den Hufen und schnaubte voller Ungeduld. Als sie das Burgtor erreicht hatten, dessen tiefen Bogen eine Pechfackel nur schwach erleuchtete, hielt der Fremde inne. Das Gewölbe verlieh seiner hohlen Stimme nur noch mehr Grabestiefe.

»Jetzt, da wir allein sind«, sagte er, »will ich Euch den Grund für meinen Abschied nennen. Ich habe eine feierliche Verabredung, die keinen Aufschub duldet ...«

»Warum«, wollte der Baron wissen, »könnt Ihr denn niemanden an Eurer Statt schicken?«

»Diese Verabredung erlaubt keinen Stellvertreter, ich muß mich persönlich dort hinbegeben, ich muß fort zum Dom von Würzburg ...«

»Oh«, erwiderte der Baron, dessen Lebensgeister sich wieder zu regen begannen, »aber doch erst morgen, morgen sollt Ihr Eure Braut dorthin geleiten ...«

»Nein! Nein!« antwortete der Fremde, noch zehnmal feierlicher. »Mein Stelldichein ist nicht mit einer Braut, sondern mit den Würmern! Die Würmer harren meiner! Ich bin ein Toter! Wegelagerer haben mich gemeuchelt – mein Leichnam liegt zu Würzburg – um Mitternacht soll ich bestattet werden – die Gruft erwartet mich – ich muß meine Verabredung einhalten!«

Er schwang sich auf sein schwarzes Roß und sprengte über die Zugbrücke davon. Und das Klappern der Hufe verlor sich im Pfeifen des Nachtwindes.

In äußerster Bestürzung kehrte der Baron in den Rittersaal zurück und berichtete, was vorgefallen war. Zwei Damen sanken unverzüglich in Ohnmacht, andere wurden angesichts des bloßen Gedankens, mit einem Gespenst getafelt zu haben, von Übelkeit befallen. Einige äußerten die Meinung, es müsse sich um den Wilden Jäger, eine berüchtigte Gestalt aus der deutschen Sagenwelt, handeln. Andere sprachen von Berggeistern, von Walddämonen und anderen übernatürlichen Wesen, von denen die braven Bürger Deutschlands seit Menschengedenken arg geplagt werden. Einer der armen Verwandten wagte die kühne Behauptung, es könne sich um einen kecken Fluchtversuch des jungen Kavaliers handeln und ein derart finsterer Streich sei durchaus angemessen für einen so melancholischen Menschen. Mit diesen Worten zog er jedoch die Entrüstung der gesamten Tischgesellschaft auf sich, insbesondere des Barons, der ihn für kaum besser hielt als einen gottlosen Heiden. Also sah er sich gezwungen, dieser gotteslästerlichen Vermutung so rasch wie möglich abzuschwören und wieder zum wahren Glauben zurückzukehren.

Wenn jedoch noch irgend jemand Zweifel gehegt hatte, so wurden diese am nächsten Tage durch das Eintreffen eines ordnungsgemäßen Schreibens zerstreut, das die Kunde von der Ermordung des jungen Grafen und von seiner Bestattung im Würzburger Dom bestätigte.

Man kann sich die Verzweiflung in der Burg wohl vorstellen. Der Baron schloß sich in seinem Gemach ein. Die Gäste, die gekommen waren, um mit ihm ein Jubelfest zu begehen, konnten natürlich nicht daran denken, ihn nun in seiner Verzweiflung allein zu lassen. Sie spazierten durch die Burghöfe oder versammelten sich in kleinen Grüppchen im Saal, kopfschüttelnd und schulterzuckend über die Sorgen, die einen so gütigen Mann heimsuchten. Und sie saßen länger denn je zu Tisch und aßen und tranken tüchtiger denn je, um ihre Lebensgeister munter zu halten. Am meisten war jedoch das Schicksal der verwitweten Braut zu beklagen. Den Gatten verloren zu haben, ehe sie ihn hatte in die Arme schließen können – und einen solchen Gatten dazu! Wenn schon sein Gespenst so elegant und edel sein konnte, wie wäre erst der lebendige Mann gewesen! Ihr Wehklagen hallte durch das Haus.

In der zweiten Nacht ihrer Witwenschaft hatte sie sich in Begleitung einer ihrer Tanten, die darauf bestand, bei ihr zu nächtigen, in ihr Schlafgemach zurückgezogen. Die Tante, die als Erzählerin von Gespenstergeschichten in ganz Deutschland ihresgleichen suchte, war soeben mitten in einer ihrer längsten Erzählungen eingeschlafen. Das Gemach war abgelegen und bot die Aussicht auf einen kleinen Garten. Dort lag die Nichte und betrachtete gedankenschwer den aufgehenden Mond, dessen Strahlen auf dem Espenlaub vor dem Fenster bebten. Soeben hatte die Burguhr Mitternacht geschlagen, als vom Garten her leise Musik in die Kammer drang. Hastig erhob sich das Mädchen vom Lager und eilte mit leichten Schritten zum Fenster. Zwischen den Schatten der Bäume stand die hohe Gestalt eine Mannes. Als er den Kopf hob, fiel ein Mondstrahl auf sein Antlitz. O Himmel! Sie erblickte den Geisterbräutigam! Im gleichen Augenblick gellte ein schriller Schrei an ihr Ohr, und die Tante, die ihr, von der Musik aus dem Schlummer geweckt, leise ans Fenster gefolgt war, sank ihr in die Arme. Als das Mädchen wieder aufblickte, war das Gespenst verschwunden.

Es war wohl eher die Tante, die des lindernden Trostes bedurfte; sie war völlig außer sich. Was die junge Dame betrifft, so war ihr sogar das Gespenst ihres Herzallerliebsten in gewisser Weise liebenswert erschienen. Noch immer umgab die Gestalt ein Hauch von männlicher Schönheit, und wenn auch der Schatten eines Mannes kaum angetan ist, die Zuneigung eines liebeskranken Mädchens zufriedenzustellen, so bietet er doch, wenn Stofflicheres nicht zu haben ist, einen gewissen Trost. Die Tante beteuerte, nie wieder wolle sie in diesem Gemach nächtigen. Diesmal erwies sich die Nichte als halsstarrig und beharrte ihrerseits darauf, sie wolle in keinem anderen Gemach der Burg ruhen. Folglich mußte sie nun allein dort schlafen, nahm aber zuvor noch ihrer Tante das Versprechen ab, die Geschichte von dem Gespenst keiner Menschenseele zu erzählen, auf daß sie nicht noch des einzigen melancholischen Vergnügens beraubt würde, das ihr auf Erden verblieben war – sich in dem Gemach aufzuhalten, über dem des Nachts der schützende Schatten ihres Geliebten wachte.

Es ist ungewiß, wie lange die gute alte Tante dieses Versprechen hätte halten können, denn sie redete für ihr Leben gern von wundersamen Begebenheiten, und es ist immer ein kleiner Triumph, eine grausige Geschichte als erste erzählt zu haben. In der Umgegend wird jedoch bis heute als denkwürdiges Beispiel weiblicher Verschwiegenheit angeführt, daß sie das Geheimnis eine ganze Woche wahrte. Dann wurde sie plötzlich von aller weiteren Zurückhaltung entbunden, als eines Morgens am Frühstückstisch die Nachricht verkündet wurde, die junge Dame sei nirgends aufzufinden. Ihre Kemenate war leer – das Bett unberührt – das Fenster stand offen – der Vogel war ausgeflogen!

Die Verwunderung und Bestürzung, mit der diese Kunde aufgenommen wurde, läßt sich nur von jemandem erahnen, der einmal miterlebt hat, wie das Mißgeschick eines großen Mannes auch seine Freunde in Mitleidenschaft zieht. Sogar die armen Verwandten hielten einen Augenblick in der unermüdlichen Fron des Gelages inne. Und die Tante, der zunächst der Atem gestockt hatte, schlug die Hände über dem Kopf zusammen und schrie: »Das Gespenst! Das Gespenst! Das Gespenst hat sie entführt!«

In knappen Worten berichtete sie von der furchterregenden Szene im Garten und schloß daraus, das Gespenst müsse die Braut entführt haben. Zwei Hausangestellte bekräftigten sie in dieser Meinung, denn sie hatten um Mitternacht auf dem Berghang Hufgetrappel gehört und zweifelten nicht, daß es der Geist auf seinem schwarzen Roß gewesen war, der seine Braut mit sich ins Grab forttrug. Alle Anwesenden waren von dieser gräßlichen Möglichkeit zutiefst angerührt. Denn dergleichen kommt in Deutschland außerordentlich häufig vor, wie viele bestens beurkundete Geschichten bestätigen.

In welch beklagenswerter Lage befand sich der arme Baron! Welch ein herzzerreißendes Dilemma für einen liebenden Vater und ein Mitglied der großen Familie Katzellenbogen! Entweder hatte man seine einzige Tochter in ein kühles Grab entführt, oder es war ihm bestimmt, einen Waldgeist zum Schwiegersohn und womöglich eine Schar von Kobolden zu Enkeln zu bekommen. Wie gewöhnlich war er völlig verwirrt, und die ganze Burg befand sich in hellem Aufruhr. Die Männer wurden auf die Pferde befohlen und angewiesen, jeden Weg und Steg und jedes Tal des Odenwaldes zu durchforsten. Der Baron selbst hatte soeben seine Schaftstiefel angezogen und sich sein Schwert umgegürtet und war im Begriff, sich auf sein Pferd zu schwingen und auf eine Suche von zweifelhaftem Ausgang zu begeben, als eine neuerliche Erscheinung ihn innehalten ließ. Man sah eine Dame auf die Burg zureiten, die auf einem Zelter saß und von einem berittenen Kavalier begleitet wurde. Sie galoppierte zum Burgtor hinauf, sprang vom Pferd, fiel dem Baron zu Füßen und umklammerte seine Knie. Es war keine andere als seine verlorene Tochter, und ihr Begleiter war – der Geisterbräutigam! Der Baron war höchlichst erstaunt. Er blickte erst seine Tochter an, dann das Gespenst, und beinahe hätte er an seinen eigenen Sinnen gezweifelt. Die äußere Erscheinung des Geistes hatte sich seit dem Besuch in der Welt der Gespenster aufs wunderbarste gewandelt. Sein herrliches Gewand brachte die edle Gestalt von männlichem Ebenmaß prächtig zur Geltung. Er war nicht mehr bleich und melancholisch. Sein feines Antlitz war vom rosigen Schimmer der Jugend überhaucht, und wilde Freude blitzte aus seinen großen, dunklen Augen.

Das Geheimnis war schon bald aufgeklärt. Der Kavalier (denn er war, wie der geneigte Leser sicherlich längst weiß, beileibe kein Gespenst) gab sich als Herr Hermann von Starkenfaust zu erkennen. Er berichtete von seinem Abenteuer mit dem jungen Grafen. Er erzählte, wie er sich eilends zur Burg begeben hatte, um dort die unwillkommene Nachricht zu übermitteln, wie aber die Redegewandtheit des Barons ihm jeden Versuch, von dem Vorfall zu berichten, vereitelt habe. Wie ihn der Anblick der Braut völlig in Bann geschlagen habe und er, um nur einige wenige Stunden in ihrer Gesellschaft verbringen zu können, dem Irrtum nicht widersprach. Wie er sich das Hirn zermartert habe, auf welche Weise er einen ehrenhaften Rückzug antreten könne, bis die Geschichte des Barons ihm seinen außergewöhnlichen Abgang nahelegte. Wie er aus Furcht vor der Urfehde zwischen den Familien seine weiteren Besuche heimlich gemacht, den Garten unter dem Fenster der jungen Dame heimgesucht, um sie geworben, sie für sich gewonnen und im Triumph fortgeführt – mit einem Wort, wie er die Schöne geheiratet habe.

Unter allen anderen Umständen wäre der Baron unerbittlich geblieben, denn er war ein beharrlicher Vertreter väterlicher Autorität und von inbrünstigem Starrsinn in allen Familienfehden. Aber er liebte seine Tochter. Er hatte sie als verloren beklagt. Er freute sich von Herzen, sie noch unter den Lebenden zu wissen. Und obwohl ihr Ehegatte einer feindlichen Familie entstammte, war er doch Gott sei Dank kein Gespenst. In dem Scherz, den der Ritter sich mit ihm erlaubt hatte, als er sich als Toter ausgab, lag, man muß es eingestehen, etwas, das nicht ganz den väterlichen Vorstellungen von strenger Wahrheitstreue entsprach. Aber einige anwesende alte Freunde, die in so manchem Krieg gefochten hatten, versicherten ihm, in der Liebe sei jegliches Mittel erlaubt und dem Kavalier müsse man besondere Privilegien zugestehen, da er doch erst kürzlich als berittener Soldat gedient habe.

Alles wurde daher zur vollsten Zufriedenheit geregelt. Der Baron verzieh dem jungen Paar auf der Stelle. Die Freudengelage in der Burg wurden wieder aufgenommen. Die armen Verwandten überschütteten das neue Familienmitglied mit ihrer liebevollen Zuneigung. Er war so galant, so großzügig – und so reich! Die Tanten waren allerdings einigermaßen schockiert darüber, daß ihr System strenger Abgeschiedenheit und fügsamen Gehorsams so schlechte Früchte getragen haben sollte, führten aber letztlich alles auf den Umstand zurück, daß sie es versäumt hatten, die Fenster mit Gittern zu versehen. Besonders die eine Tante empfand es als äußerst beschämend, daß das einzige Gespenst, das sie je zu Augen bekommen hatte, sich als Fälschung erwiesen hatte. Die Nichte jedoch schien vollkommen glücklich darüber zu sein, daß der Geist sich als Wesen von Fleisch und Blut herausgestellt hatte – und damit ist unsere Geschichte zu Ende.

DIE SAGE
VOM PRINZEN AHMED AL KAMEL
ODER
DER LIEBESPILGER

Es war einmal ein maurischer König von Granada, der hatte nur einen einzigen Sohn, den er Ahmed nannte und dem die Hofleute den Beinamen »al Kamel« oder »der Vollkommene« gaben wegen der unverkennbaren Zeichen höchster Vortrefflichkeit, die sie bereits in seiner frühesten Kindheit an ihm wahrnahmen. Die Astrologen bestärkten sie in ihrer Prophezeiung, indem sie alles zu seinen Gunsten voraussagten, was einen vollkommenen Prinzen und erfolgreichen Herrscher ausmachte. Eine Wolke nur ruhte auf seinem Schicksal, und selbst die war von rosaroter Farbe: Er würde von verliebter Natur sein und durch die zärtliche Leidenschaft in große Gefahren geraten. Wenn man ihn jedoch von den Verlockungen der Liebe fernhalten könnte, bis er zum Manne herangewachsen sei, würden diese Fährnisse abgewendet werden und sein Leben hernach ein einziger ununterbrochener Strom des Glückes sein.

Um jeglicher Gefahr dieser Art vorzubeugen, beschloß der König weise, den Prinzen an einem abgeschiedenen Ort aufziehen zu lassen, wo er niemals ein weibliches Antlitz erblicken und niemals das Wort Liebe auch nur hören würde. Zu diesem Zweck ließ er am Rande des Hügels oberhalb der Alhambra einen wunderschönen Palast erbauen, inmitten entzückender Gärten, doch von hohen Mauern umgeben, und das war eben jener Palast, der heute unter dem Namen Generalife bekannt ist. In diesem Palast nun wurde der junge Prinz eingesperrt und der Obhut und dem Unterricht Eben Bonabbens anvertraut, eines der klügsten und nüchternsten der arabischen Weisen, der den größten Teil seines Lebens in Ägypten verbracht hatte, wo er Hieroglyphen studierte und in den Gräbern und Pyramiden Forschungen anstellte, und der an einer ägyptischen Mumie weit mehr Reize entdeckte als an der verführerischsten aller lebendigen Schönen. Der Weise erhielt den Befehl, dem Prinzen alle Arten von Kenntnissen zu vermitteln, eine einzige ausgenommen – über die Liebe sollte er in tiefster Unwissenheit gehalten werden.

»Ergreife zu diesem Zweck jegliche Vorsichtsmaßnahme, die dir geeignet erscheinen mag«, sagte der König, »und bedenke, o Eben Bonabben, wenn mein Sohn nur das geringste von diesem verbotenen Wissen erlernt, solange er unter deiner Aufsicht steht, dann sollst du mit deinem Kopf dafür büßen!«

Ein welkes Lächeln zog bei dieser Drohung über das dürre Antlitz des weisen Bonabben.

»Das Herz Eurer Majestät mag wegen Eures Sohnes ebenso unbesorgt sein, wie es das meine wegen meines Kopfes ist – bin ich ein Mann, bei dem zu befürchten steht, daß er in dieser törichten Leidenschaft Unterricht erteilt?«

Unter dem wachsamen Auge des Philosophen wuchs der Prinz in der Abgeschiedenheit des Palastes und seiner Gärten auf. Er hatte schwarze Sklaven zu seiner Bedienung – abstoßende Stumme, die nichts von Liebe wußten oder, wenn sie doch etwas davon wußten, keine Worte hatten, es mitzuteilen. Seinen Geistesgaben galt die besondere Sorge Eben Bonabbens, der ihn in die dunklen Lehren Ägyptens einzuführen suchte; aber der Prinz machte hierin nur geringe Fortschritte, und es war bald offenkundig, daß er keine Neigung zur Philosophie hatte.

Er war jedoch erstaunlich lenksam für einen jungen Prinzen, bereit, jedem Rat zu folgen, und stets selbst vom letzten Ratgeber geleitet zu werden. Er unterdrückte sein Gähnen und lauschte geduldig den langen, gelehrten Vorträgen Eben Bonabbens, durch die er sich dies und das aus den verschiedensten Wissenszweigen aneignete, und erreichte so glücklich sein zwanzigstes Lebensjahr, ein Wunder an prinzlicher Weisheit – von der Liebe aber wußte er nichts.

Um diese Zeit jedoch trat ein Wandel im Betragen des Prinzen ein. Er gab seine Studien völlig auf und begann in den Gärten umherzuschlendern und am Rande der Springbrunnen zu sinnen. Zu den verschiedenen Fertigkeiten, in denen er ausgebildet worden war, gehörte auch ein wenig Musik; sie nahm nun einen Großteil seiner Zeit in Anspruch, und auch ein Hang zur Poesie zeigte sich. Der weise Eben Bonabben geriet in Angst und bemühte sich, ihm diese törichten Launen durch schwierige algebraische Übungen auszutreiben, aber der Prinz wandte sich voll Widerwillen davon ab.

»Ich kann die Algebra nicht ausstehen«, sagte er, »sie ist mir ein Greuel. Ich möchte etwas, das mehr zum Herzen spricht.«

Bei diesen Worten schüttelte der weise Eben Bonabben sein welkes Haupt. Hier ist es aus mit der Philosophie, dachte er. Der Prinz hat entdeckt, daß er ein Herz hat! Fortan behielt er seinen Zögling sorgfältig im Auge und sah, daß die verborgene Zärtlichkeit seines Wesens sich regte und nur eines Gegenstandes bedurfte. Der Prinz wanderte in den Gärten des Generalife in einem Rausch von Gefühlen umher, deren Ursache er nicht kannte.

Bisweilen saß er in köstliche Träume versunken; dann nahm er seine Laute und entlockte ihr die ergreifendsten Töne, nur um sie wenig später beiseite zu werfen und in Seufzen und Klagen auszubrechen.

Nach und nach begann sich dieser Drang zur Liebe auf unbelebte Gegenstände auszudehnen; er hatte seine Lieblingsblumen, die er mit zärtlicher Ausdauer pflegte; dann wieder verlor er sein Herz an allerlei Bäume, und da war einer im besonderen, von anmutigem Wuchs und herabhängendem Blattwerk, den er mit verliebter Hingabe überschüttete, indem er seinen Namen in die Rinde schnitt, Blumengirlanden in die Äste hängte und Lieder zu seinem Preise sang, die er auf der Laute begleitete.

Eben Bonabben war zutiefst erschrocken über diesen erregten Zustand seines Zöglings. Er sah ihn unmittelbar an der Schwelle des verbotenen Wissens – der kleinste Hinweis mochte ihm das verhängnisvolle Geheimnis enthüllen. Um die Sicherheit des Prinzen und die Unversehrtheit seines eigenen Kopfes fürchtend, beeilte er sich, ihn den Verlockungen des Gartens zu entziehen, und schloß ihn im höchsten Turm des Generalife ein. Dieser enthielt herrliche Gemächer und bot einen fast unbegrenzten Ausblick, doch lag er weit über jener Atmosphäre des Köstlichen und der bezaubernden Lauben, die den Gefühlen des allzu empfänglichen Ahmed so gefährlich war.

Was aber war zu tun, um ihn mit dieser Gefangenschaft zu versöhnen und ihm die langweiligen Stunden zu verkürzen? Er hatte nahezu alle Arten angenehmen Wissens ausgeschöpft, und die Algebra durfte nicht erwähnt werden. Glücklicherweise war Eben Bonabben während seines Aufenthalts in Ägypten in der Sprache der Vögel unterrichtet worden, und zwar von einem jüdischen Rabbiner, der diese Fertigkeit in direkter Überlieferung von

Salomo dem Weisen empfangen hatte, der wiederum von der Königin von Saba darin unterwiesen worden war. Bei der bloßen Erwähnung eines solchen Studiums funkelten die Augen des Prinzen vor Begeisterung, und er widmete sich ihm mit solcher Begier, daß er bald ein ebenso großer Meister darin war wie sein Lehrer.

Der Turm des Generalife war nun keine Einöde mehr; der Prinz hatte Gefährten zur Hand, mit denen er sich unterhalten konnte. Als erstes machte er die Bekanntschaft eines Falken, der in einer Spalte der hochaufragenden Zinnen sein Nest baute, von dem er auf der Suche nach Beute weit umherstreifte. Aber der Prinz fand wenig Liebens- oder Schätzenswertes an ihm. Er war ein bloßer Freibeuter der Luft, großspurig und prahlerisch, und sein Geschwätz drehte sich einzig und allein um Raub und Gemetzel und tollkühne Taten.

Seine nächste Bekanntschaft war eine Eule, ein ungemein weise aussehender Vogel mit einem gewaltigen Kopf und starren Augen, der den ganzen Tag blinzelnd und glotzend in einem Mauerloch saß, des Nachts jedoch ausflog. Er erhob nachdrücklich Anspruch auf Weisheit, schwatzte von Astrologie und dem Mond und ließ Andeutungen über die geheimen Wissenschaften fallen; er war auf schlimme Art der Metaphysik ergeben, und der Prinz fand seine Tiraden sogar noch langweiliger als die des weisen Eben Bonabben.

Dann war da eine Fledermaus, die den ganzen Tag an ihren Hinterfüßen in der dunklen Ecke eines Gewölbes hing, im verschwommenen Abendlicht aber lossegelte. Sie hatte jedoch nur verschwommene Vorstellungen von allen Gegenständen, spottete über Dinge, die ihr nur undeutlich vor Augen gekommen waren, und schien an nichts rechte Freude zu haben.

Außerdem gab es noch eine Schwalbe, zu der sich der Prinz anfangs sehr hingezogen fühlte. Sie verstand gewandt zu plaudern, war aber geschäftig und ruhelos und ständig auf den Flügeln; selten blieb sie lange genug für eine ausführliche Unterhaltung. Am Ende entpuppte sie sich als eine bloße Schwatzliese, die nur über die Oberfläche der Dinge hinwegglitt und vorgab, alles zu wissen, in Wirklichkeit aber nichts genau wußte.

Dies waren die einzigen gefiederten Gefährten, mit denen seine neuerlernte Sprache zu üben der Prinz Gelegenheit hatte; der Turm war zu hoch, als daß ihn noch andere Vögel hätten besuchen können. Bald wurde er seiner neuen Bekannten überdrüssig, deren Unterhaltung so wenig seinen Kopf und überhaupt nicht sein Herz ansprach; und er verfiel allmählich wieder in seine Einsamkeit.

Der Winter verging, der Frühling kam mit all seinem Blühen und Grünen und seiner duftenden Süße, und es nahte die glückliche Zeit, da die Vögel sich paaren und ihre Nester bauen. Gleichsam schlagartig drang ein allgemeiner Ausbruch von Musik und Gesang aus den Hainen und Gärten des Generalife und erreichte den Prinzen in der Abgeschiedenheit seines Turmes. Von allen Seiten hörte er, wie das eine, allgemeine Thema Liebe – Liebe – Liebe angestimmt und wie mit einer kaum vorstellbaren Vielfalt von Weisen und Tönen darauf geantwortet wurde. Schweigend und verwirrt lauschte der Prinz. Was mag das sein, diese Liebe, dachte er, von der die Welt so voll scheint und von der ich nichts weiß? Er bat seinen Freund, den Falken, um Auskunft. Der gefühlsrohe Vogel antwortete in verächtlichem Ton.

»Da mußt du dich an die gemeinen friedfertigen Vögel auf der Erde unten wenden«, sagte er, »die geschaffen sind als Beute für uns Fürsten der Luft. Mein Beruf ist der Krieg und der Kampf meine Freude. Ich bin ein Krieger und weiß nichts von diesem Ding, das man Liebe nennt.«

Der Prinz wandte sich voll Abscheu von ihm und suchte die Eule in ihrem Schlupfwinkel auf.

»Sie ist ein Vogel von friedlichen Gewohnheiten«, sagte er, »und wird wohl in der Lage sein, meine Frage zu beantworten.« Also bat er die Eule, ihm zu sagen, was diese Liebe sei, von der alle Vögel in den Hainen sängen.

Daraufhin setzte die Eule eine Miene beleidigter Würde auf.

»Meine Nächte«, sagte sie, »sind ausgefüllt von Studieren und Forschen und meine Tage vom Nachsinnen in meiner Zelle über alles, was ich gelernt habe. Was diese singenden Vögel betrifft, von denen du sprichst, so höre ich ihnen niemals zu – ich verachte sie und ihre Themen. Gelobt sei Allah, ich kann nicht singen; ich bin ein Philosoph und weiß nichts von diesem Ding, das man Liebe nennt.«

Nun begab sich der Prinz zu dem Gewölbe, wo seine Freundin, die Fledermaus, an den Hinterfüßen hing, und brachte dieselbe Frage vor. Die Fledermaus verzog die Nase zu einem höchst schnippischen Ausdruck.

»Warum störst du mich in meinem Morgenschlummer mit solch einer törichten Frage?« sagte sie mürrisch. »Ich fliege nur in der Dämmerung, wenn alle Vögel schlafen, und kümmere mich niemals um ihre Angelegenheiten. Ich bin weder Vogel noch Vierfüßer, und ich danke dem Himmel dafür. Ich habe die Schlechtigkeit dieser ganzen Bagage erkannt und hasse sie alle miteinander. Mit einem Wort, ich bin ein Misanthrop – und weiß nichts von diesem Ding, das man Liebe nennt.«

Als letzte Möglichkeit versuchte es der Prinz nun bei

der Schwalbe und hielt sie an, als sie eben um die Turmspitze kreiste. Wie üblich war die Schwalbe in größter Eile und hatte kaum Zeit zu antworten.

»Auf mein Wort«, sagte sie, »ich muß mich um so viele öffentliche Angelegenheiten kümmern und muß so vielen Geschäften nachgehen, daß ich noch keine Zeit gehabt habe, über dieses Problem nachzudenken. Ich muß jeden Tag tausend Besuche machen, tausend wichtige Sachen erledigen, so daß mir kein Augenblick Muße für diese kleinen Singsang-Geschichten bleibt. Kurzum, ich bin ein Weltbürger – ich weiß nichts von diesem Ding, das man Liebe nennt.« Und damit schoß die Schwalbe hinab ins Tal und war im nächsten Moment schon außer Sicht.

Der Prinz blieb enttäuscht und verwirrt zurück, doch war seine Neugier durch die Schwierigkeit, sie zu befriedigen, nur noch gesteigert worden. Während er in dieser Stimmung war, betrat sein alter Lehrer den Turm. Der Prinz eilte ihm ungeduldig entgegen.

»O Eben Bonabben«, rief er, »du hast mir so viel von der Weisheit dieser Erde enthüllt; aber es gibt ein Ding, über das ich in tiefster Unwissenheit bin und über das ich doch so gern Bescheid wüßte.«

»Mein Prinz braucht die Frage nur vorzutragen, und alles innerhalb der bescheidenen Grenzen des Verstandes seines Dieners steht ihm zur Verfügung.«

»So sage mir denn, o klügster aller Weisen, was ist das Wesen dieses Dinges, das man Liebe nennt?«

Eben Bonabben stand da wie vom Donner gerührt. Er zitterte und wurde blaß und hatte das Gefühl, sein Kopf säße nur noch locker auf den Schultern.

»Was konnte meinen Prinzen auf solch eine Frage bringen – wo konnte er so ein törichtes Wort erlernen?«

Der Prinz führte ihn zum Turmfenster.

»Höre, o Eben Bonabben«, sagte er. Der Weise lauschte. Die Nachtigall saß in einem Busch unterhalb des Turmes und sang für ihre geliebte Rose; aus jedem blühenden Zweig, aus jedem belaubten Gehölz drang ein Melodienschwall, und Liebe – Liebe – Liebe war noch immer die unveränderliche Weise.

»Allah Akbar! Gott ist groß!« rief der weise Bonabben. »Wer darf sich erdreisten, dieses Geheimnis dem Herzen des Menschen vorenthalten zu wollen, wenn selbst die Vögel der Lüfte sich verschwören, es zu verraten?«

Dann sagte er, sich an Ahmed wendend: »O mein Prinz, verschließe deine Ohren vor diesen verführerischen Klängen. Versperre deinen Geist vor diesem gefährlichen Wissen. Wisse, daß diese Liebe die Ursache für die Hälfte aller Übel der unglücklichen Menschheit ist. Sie ist es, die Bitterkeit und Streit zwischen Brüdern und Freunden erzeugt, die heimtückischen Mord und verheerenden Krieg bewirkt. Kummer und Sorge, beschwerliche Tage und schlaflose Nächte sind ihre Begleiter. Sie vernichtet die Blüte und erstickt die Freude der Jugend und führt die Übel und Plagen vorzeitigen Alters herbei. Allah halte dich, mein Prinz, in völliger Unwissenheit über dieses Ding, das man Liebe nennt!«

Der weise Eben Bonabben zog sich eilig zurück und ließ den Prinzen, in nur noch tiefere Verwirrung gestürzt, allein. Vergeblich versuchte Ahmed, dieses Thema aus seinem Kopf zu verdrängen; es beherrschte weiterhin seine Gedanken und quälte und erschöpfte ihn mit fruchtlosen Spekulationen. Gewiß klingt keine Sorge aus diesen Tönen, sagte er sich, während er dem melodischen Gesang der Vögel lauschte, alles scheint Zärtlichkeit und Freude. Wenn die Liebe die Ursache von so viel Unglück und Streit ist, warum verzehren sich diese Vögel dann nicht in

Einsamkeit oder reißen einander in Stücke, anstatt fröhlich in den Hainen umherzuflattern und zwischen den Blumen miteinander zu scherzen?

Eines Morgens lag er auf seinem Ruhebett und sann über diese unerklärliche Angelegenheit nach. Das Fenster seines Gemaches stand offen, um den sanften Morgenwind einzulassen, der, mit dem Duft von Orangenblüten geschwängert, aus dem Tale des Darro heraufwehte. Die Stimme der Nachtigall, die noch immer das gewohnte Thema besang, war schwach zu hören. Während der Prinz lauschte und seufzte, ertönte plötzlich ein Rauschen in der Luft; eine schöne Taube, von einem Falken verfolgt, schoß durch das Fenster herein und fiel keuchend zu Boden, während der Verfolger, um seine Beute betrogen, zu den Bergen hin abdrehte.

Der Prinz hob den nach Atem ringenden Vogel auf, glättete sein Gefieder und barg ihn an seiner Brust. Als er ihn durch seine Liebkosungen beruhigt hatte, setzte er ihn in einen goldenen Käfig und bot ihm mit seinen eigenen Händen den weißesten und feinsten Weizen und das reinste Wasser dar. Der Vogel aber verweigerte die Nahrung, saß traurig und niedergeschlagen da und stieß jämmerliche Klagelaute aus.

»Was fehlt dir?« fragte Ahmed. »Hast du nicht alles, was sich dein Herz wünschen kann?«

»Ach nein«, erwiderte die Taube, »bin ich denn nicht von dem Gefährten meines Herzens getrennt, und noch dazu in der seligen Frühlingszeit, der wahren Zeit der Liebe?«

»Der Liebe!« wiederholte Ahmed. »Ich flehe dich an, du holder Vogel, kannst du mir wohl sagen, was Liebe ist?«

»Das kann ich nur zu gut, mein Prinz. Sie ist die Qual von einem, die Seligkeit von zweien, der Streit und die Feindschaft von dreien. Sie ist ein Zauber, der zwei Wesen zueinander hinzieht und sie durch köstliche Harmonie verbindet, indem er sie ihr Zusammensein als Glück, ihr Getrenntsein aber als Unglück empfinden läßt. Gibt es kein Wesen, zu dem du durch diese Bande zärtlicher Neigung hingezogen wirst?«

»Ich mag meinen alten Lehrer Eben Bonabben mehr als jedes andere Wesen; aber er ist oft langweilig, und manchmal fühle ich mich ohne seine Gesellschaft wohler.«

»Das ist nicht die Harmonie, die ich meine. Ich spreche von der Liebe, dem großen Geheimnis und Prinzip des Lebens: der berauschenden Lust der Jugend, der nüchternen Wonne des Alters. Schau hinaus, mein Prinz, und sieh, wie die ganze Natur in dieser gesegneten Jahreszeit von Liebe erfüllt ist. Jedes Geschöpf hat seinen Gefährten; der unbedeutendste Vogel noch singt für seine Geliebte; sogar der Käfer wirbt im Staub um sein Weibchen, und jene Schmetterlinge dort, die du hoch über dem Turm in der Luft flattern und spielen siehst, sind glücklich in ihrer wechselseitigen Liebe. Ach, mein Prinz, hast du so viele deiner kostbaren Jugendtage vertan, ohne etwas von der Liebe zu wissen? Gibt es kein zartes Wesen des anderen Geschlechts, keine schöne Prinzessin oder keine liebliche Jungfrau, die dein Herz bestrickt und deinen Busen mit einem sanften Aufruhr seliger Schmerzen und zärtlicher Wünsche erfüllt hat?«

»Ich beginne zu verstehen«, sagte der Prinz seufzend, »solch einen Aufruhr habe ich mehr als einmal erlebt, ohne die Ursache zu kennen; und wo in dieser trostlosen Einsamkeit sollte ich nach einem solchen Gegenstand suchen, wie du ihn beschreibst?«

Die Unterhaltung wurde noch ein Weilchen fortgesetzt, und dann war die erste Liebeslektion des Prinzen beendet.

»Ach!« sagte er. »Wenn die Liebe tatsächlich eine solche Wonne und ihre Unterbrechung ein solches Unglück ist, dann mag Allah verhüten, daß ich das Glück eines ihrer Verfechter störe.« Er öffnete den Käfig, nahm die Taube heraus und trug sie, nachdem er sie zärtlich geküßt hatte, zum Fenster. »Flieg, glücklicher Vogel«, sagte er, »genieße mit dem Gefährten deines Herzens die Tage der Jugend und des Frühlings. Warum sollte ich dich zum Mitgefangenen machen in diesem öden Turm, in den die Liebe niemals Einlaß finden kann?«

Die Taube bewegte voll Entzücken die Flügel, erhob sich mit einem einzigen Schwung in die Luft und schoß dann auf rauschenden Schwingen hinab in die lieblichen Lauben des Darro.

Der Prinz folgte ihr mit den Augen und überließ sich dann bitterem Mißmut. Der Gesang der Vögel, der ihn sonst mit Wonne erfüllt hatte, verstärkte nun seine Bitterkeit. Liebe! Liebe! Liebe! Ach, armer Jüngling! Nun verstand er die Weise!

Seine Augen sprühten Feuer, als er den weisen Eben Bonabben das nächstemal zu Gesicht bekam.

»Warum hast du mich in dieser äußersten Unwissenheit gelassen?« rief er. »Warum ist mir das große Geheimnis, das Prinzip des Lebens, vorenthalten worden, mit dem ich selbst das geringste Insekt so vertraut finde? Sieh, die ganze Natur ist von einem Taumel der Lust ergriffen. Jedes Geschöpf erfreut sich an seinem Gespielen. Dies – dies ist die Liebe, über die ich unterrichtet sein wollte. Warum ist mir allein ihr Genuß versagt? Warum ist ein so großer Teil meiner Jugend ohne die Kenntnis ihrer Freuden vergeudet worden?«

Der weise Bonabben sah, daß alle weitere Zurückhaltung sinnlos war; denn der Prinz hatte die gefährliche, verbotene Kenntnis erlangt. Daher enthüllte er ihm die Weissagungen der Astrologen und die Vorkehrungen, die man bei seiner Erziehung getroffen hatte, um das drohende Unheil abzuwenden.

»Und nun, mein Prinz«, fügte er hinzu, »liegt mein Leben in deinen Händen. Wenn der König, dein Vater, entdeckt, daß du die Leidenschaft der Liebe kennengelernt hast, während du unter meiner Obhut standest, muß ich mit meinem Kopf dafür büßen.«

Der Prinz war so vernünftig wie die meisten jungen Leute seines Alters und hörte bereitwillig auf die Ermahnungen seines Erziehers, da nichts gegen sie sprach. Überdies war er Eben Bonabben aufrichtig zugetan, und da er bisher nur theoretisch mit der Leidenschaft der Liebe bekannt war, willigte er ein, das Wissen um sie lieber in seinem Busen zu verschließen, als den Kopf des Philosophen zu gefährden.

Doch sollte seine Besonnenheit noch weiter auf die Probe gestellt werden. Als er wenige Morgen danach sinnend auf den Zinnen des Turmes stand, kam die Taube, die er freigelassen hatte, durch die Luft herangeschwebt und setzte sich furchtlos auf seine Schulter.

Der Prinz drückte sie an sein Herz.

»Glücklicher Vogel«, sagte er, »der gleichsam auf den Schwingen des Morgens bis zu den äußersten Enden der Welt fliegen kann. Wo bist du gewesen, seit wir voneinander schieden?«

»In einem fernen Land, mein Prinz, von wo ich dir zum Lohn für meine Freiheit eine Nachricht bringe. Als ich im Verlauf meines wilden Fluges, der über Ebenen und Gebirge führte, hoch droben durch die Luft dahinglitt, erblickte ich unter mir einen herrlichen Garten mit allen Arten von Früchten und Blumen. Er lag in einer grünen Aue am Ufer eines sich schlängelnden Flusses; und in der Mitte des Gartens stand ein stattlicher Palast. Ich ließ mich in einer der Lauben nieder, um von meinem ermüdenden Fluge auszuruhen. An dem grünen Ufer unter mir erging sich eine junge Prinzessin in der holden Anmut und Blüte ihrer Jahre. Sie war umgeben von Dienerinnen, jung wie sie selbst, die sie mit Blumenketten und -kränzen schmückten, aber keine Blume aus Feld oder Garten konnte sich mit ihr an Schönheit vergleichen. Indes blühte sie hier im verborgenen, denn der Garten war von hohen Mauern umgeben, und keinem Sterblichen war der Zutritt gestattet. Als ich dieses schöne Mädchen erblickte, so jung und unschuldig und von der Welt unverdorben, da dachte ich, dies sei das Geschöpf, das der Himmel erschaffen hat, meinen Prinzen mit Liebe zu erfüllen.«

Diese Schilderung war ein Feuerfunken für das leicht entflammbare Herz Ahmeds; all die schlummernde Liebessehnsucht seines Wesens hatte plötzlich einen Gegenstand gefunden, und er faßte eine grenzenlose Leidenschaft für die Prinzessin. Er schrieb einen Brief, der in der leidenschaftlichsten Sprache abgefaßt war und seine glühende Verehrung atmete, jedoch die unglückliche Gefangenschaft seiner Person beklagte, die ihn daran hindere, sie aufzusuchen und sich ihr zu Füßen zu werfen. Er fügte Verse von der zärtlichsten und rührendsten Beredsamkeit hinzu, denn er war von Natur ein Dichter und von der Liebe inspiriert. Er versah seinen Brief mit der Aufschrift »An die unbekannte Schöne, vom gefangenen Prinzen Ahmed«, parfümierte ihn mit Moschus- und Rosenduft und übergab ihn sodann der Taube.

»Ach, treuester aller Boten!« sagte er. »Flieg über Berg und Tal und Fluß und Ebene; raste nicht im Laub der

Bäume, noch setze den Fuß auf die Erde, bis du diesen Brief der Herrin meines Herzens überbracht hast.«

Die Taube schwang sich hoch in die Luft und schoß, nachdem sie ihren Weg gefunden hatte, in schnurgerader Richtung davon. Der Prinz folgte ihr mit den Augen, bis sie nur noch ein Punkt vor einer Wolke war und schließlich hinter einem Berg verschwand.

Tag um Tag wartete er auf die Rückkehr der Liebesbotin, aber er wartete vergebens. Er begann sie bereits der Vergeßlichkeit anzuklagen, als eines Abends gegen Sonnenuntergang der treue Vogel in sein Gemach flatterte, zu seinen Füßen niederfiel und verschied. Der Pfeil eines mutwilligen Bogenschützen hatte seine Brust durchbohrt, doch hatte er sich mit verlöschender Kraft bemüht, seinen Auftrag auszuführen. Als sich der Prinz schmerzerfüllt über diesen sanften Märtyrer der Treue beugte, erblickte er eine Perlenschnur um seinen Hals, an der unter seinem Flügel ein kleines Emaillebild befestigt war. Es stellte eine liebliche Prinzessin in der schönsten Blüte ihrer Jahre dar. Es war ohne jeden Zweifel die unbekannte Schöne aus dem Garten. Aber wer war sie, und wo war sie? Wie hatte sie seinen Brief aufgenommen? Und sandte sie dieses Bild als Zeichen ihrer Billigung seiner Leidenschaft? Unseligerweise blieb durch den Tod der treuen Taube alles in Geheimnis und Zweifel gehüllt.

Der Prinz starrte auf das Bild, bis seine Augen in Tränen schwammen. Er preßte es an seine Lippen und an sein Herz; er saß stundenlang da und betrachtete es fast in einem Todeskampf der Zärtlichkeit.

»Schönes Bildnis!« sagte er. »Ach, du bist nur ein Bildnis! Doch deine tauigen Augen strahlen mich zärtlich an; diese rosigen Lippen sehen aus, als sprächen sie mir Ermutigung zu – eitle Phantasien! Haben sie nicht einen glücklicheren Nebenbuhler ganz genauso angesehen? Aber wo in dieser weiten Welt soll ich hoffen, das Original zu finden? Wer weiß, welche Gebirge, welche Reiche uns trennen, welche widrigen Umstände eintreten mögen. Vielleicht drängen sich jetzt, eben jetzt, Verehrer um sie, während ich hier sitze, Gefangener in einem Turm, und meine Zeit mit der Anbetung eines gemalten Schattens vergeude.«

Prinz Ahmeds Entschluß war gefaßt.

»Ich will aus diesem Palaste fliehen«, sagte er, »der mir zum verhaßten Gefängnis geworden ist, und will, ein Liebespilger, diese unbekannte Prinzessin in der ganzen Welt suchen.«

Bei Tage, wenn alles wach war, aus dem Turm zu entfliehen mochte ein schwieriges Unterfangen sein; doch bei Nacht war der Palast kaum bewacht; denn niemand befürchtete einen Versuch dieser Art von seiten des Prinzen, der seine Gefangenschaft stets so widerspruchslos ertragen hatte. Wie aber sollte er sich bei dieser Flucht im Dunkeln zurechtfinden, kannte er doch die Gegend nicht? Da entsann er sich der Eule, die es gewohnt war, des Nachts umherzustreifen, und jeden Nebenweg, jeden geheimen Pfad kennen mußte. Er suchte sie in ihrer Klause auf und fragte sie nach ihrer Kenntnis des Landes. Daraufhin machte die Eule ein höchst eingebildetes Gesicht.

»Du mußt wissen, o Prinz«, sagte sie, »daß wir Eulen einer uralten, weitverzweigten Familie angehören, die allerdings viel von ihrem einstigen Glanz verloren hat, und in allen Teilen Spaniens verfallene Schlösser und Paläste besitzen. Es gibt kaum eine Burg im Gebirge, kaum eine Festung in der Ebene und kaum eine alte Zitadelle in einer Stadt, in der nicht ein Bruder oder ein Onkel oder ein Vetter seine Behausung hat, und während ich nun die Runde machte, um diese meine zahlreiche Verwandtschaft zu besuchen, habe ich in jeden Winkel, in jede Ecke gespäht und mich mit allen Geheimnissen des Landes vertraut gemacht.«

Der Prinz war außer sich vor Freude, die Eule so gründlich bewandert in der Ortskunde zu finden, und unterrichtete sie nun im Vertrauen von seiner zärtlichen Leidenschaft und seiner beabsichtigten Flucht und drang in sie, sie möge doch sein Begleiter und Berater sein.

»Warum nicht gar!« sagte die Eule mit einem ungnädigen Blick. »Bin ich vielleicht ein Vogel, der sich mit einem Liebeshandel abgibt – ich, deren Zeit der Meditation und dem Mond geweiht ist?«

»Sei nicht beleidigt, höchst ehrwürdige Eule«, erwiderte der Prinz. »Löse dich für eine Weile von der Meditation und dem Mond und sei mir bei meiner Flucht behilflich, und du sollst haben, was dein Herz sich nur wünschen kann.«

»Das habe ich bereits«, sagte die Eule, »ein paar Mäuse genügen für meinen frugalen Tisch, und dieses Mauerloch bietet Raum genug für meine Studien – was begehrt ein Philosoph wie ich mehr?«

»Bedenke doch, höchst weise Eule, daß, während du in deiner Zelle tiefsinnigen Gedanken nachhängst und den Mond anstarrst, all deine Fähigkeiten für die Welt verloren sind. Eines Tages werde ich ein Herrscher sein und kann dir ein Amt von Ehre und Rang verleihen.«

Die Eule war, obgleich ein Philosoph und über die gewöhnlichen Bedürfnisse des Lebens erhaben, nicht frei von Ehrgeiz; so ließ sie sich am Ende überreden, mit dem Prinzen zu fliehen und sein Führer und Mentor bei der Pilgerfahrt zu sein.

Die Pläne eines Liebenden sind rasch ausgeführt. Der Prinz nahm all seine Edelsteine und verbarg sie als Reisekapital an seinem Körper. Noch in derselben Nacht ließ er sich an seiner Schärpe von einem Balkon des Turmes herab, kletterte über die Außenmauern des Generalife und gelangte noch vor Tagesanbruch bis in das Gebirge.

Hier nun hielt er mit seinem Mentor Rat über den einzuschlagenden Weg.

»Wenn ich dir raten dürfte«, sagte die Eule, »so würde ich dir empfehlen, nach Sevilla zu gehen. Du mußt wissen, daß ich vor vielen Jahren bei einem Onkel zu Besuch war, einem Vogel von hohem Rang und Einfluß, der in einem verfallenen Flügel des Alkazars am nämlichen Orte wohnte. Bei meinen nächtlichen Streifzügen über der Stadt bemerkte ich des öfteren ein Licht, das in einem einsamen Turme brannte. Schließlich ließ ich mich auf den Zinnen nieder und stellte fest, daß es von der Lampe eines arabischen Zauberers ausging; er war von seinen Zauberbüchern umgeben, und auf seiner Schulter hockte sein Vertrauter, ein uralter Rabe, der mit ihm aus Ägypten gekommen war. Ich bin mit diesem Raben bekannt und verdanke ihm einen Großteil des Wissens, das ich besitze. Der Zauberer ist inzwischen gestorben, aber der Rabe wohnt noch in dem Turm, denn diese Vögel haben ein wunderbar langes Leben. Ich würde dir raten, o Prinz, diesen Raben aufzusuchen, denn er ist ein Wahrsager und Geisterbeschwörer und betreibt die Schwarze Kunst, für die alle Raben, besonders aber die aus Ägypten, berühmt sind.«

Der Prinz war von der Weisheit dieses Rates zutiefst beeindruckt und nahm demgemäß seinen Weg nach Sevilla. Seiner Gefährtin zu Gefallen reiste er nur des Nachts und rastete tagsüber in irgendeiner dunklen Höhle oder einem modernden Wachtturm, denn die Eule kannte jeden

Schlupfwinkel dieser Art und hatte eine höchst altertümliche Vorliebe für Ruinen. Endlich erreichten sie eines Morgens bei Tagesanbruch die Stadt Sevilla, wo die Eule, die den Glanz und den Lärm der überfüllten Straßen haßte, vor dem Tor haltmachte und in einem hohlen Baum Wohnung nahm.

Der Prinz aber trat durch das Tor und fand auch sogleich den Zauberturm, der die Häuser der Stadt überragte, so wie eine Palme das Buschwerk der Wüste überragt. Es war in der Tat derselbe Turm, der heute noch steht und als die Giralda, der berühmte maurische Turm von Sevilla, bekannt ist.

Der Prinz stieg eine lange Wendeltreppe zur Spitze des Turmes hinauf, wo er den kabbalistischen Raben fand – einen alten, geheimnisvollen, grauköpfigen Vogel mit struppigem Gefieder und einem Häutchen über dem einen Auge, das ihm den starren Blick eines Gespenstes verlieh. Er hockte auf einem Bein, den Kopf zur Seite gedreht, und betrachtete mit dem ihm verbliebenen Auge unverwandt eine Figur, die auf das Pflaster gezeichnet war.

Der Prinz näherte sich ihm voll Hochachtung und Scheu, die ihm sein ehrwürdiges Aussehen und seine übernatürliche Weisheit unwillkürlich einflößten.

»Vergib mir, hochbetagter und geheimnisvoll weiser Rabe«, rief er, »wenn ich jene Studien, die die Bewunderung der Welt erregen, einen Augenblick unterbreche. Du siehst vor dir einen Jünger der Liebe, der gern deinen Rat erbitten möchte, wie er den Gegenstand seiner Leidenschaft erringen kann.«

»Mit anderen Worten«, sagte der Rabe mit einem bedeutungsvollen Blick, »du möchtest meine Fertigkeit in der Chiromantie auf die Probe stellen. Komm, zeig mir deine Hand, und laß mich die geheimnisvollen Schicksalslinien enträtseln.«

»Entschuldige bitte«, sagte der Prinz, »ich komme nicht, um die Ratschlüsse des Schicksals zu ergründen, die Allah vor den Augen der Sterblichen verborgen hat, ich bin ein Liebespilger und suche nur einen Hinweis zu finden, wie ich zu dem Gegenstand meiner Pilgerfahrt gelangen kann.«

»Und kannst du im liebestrunkenen Andalusien um einen Gegenstand verlegen sein?« sagte der alte Rabe, ihn mit seinem einen Auge anblinzelnd. »Vor allem, kannst du im leichtfertigen Sevilla darum verlegen sein, wo in jedem Orangenhain schwarzäugige Mädchen die Zambra tanzen?«

Der Prinz errötete und war einigermaßen entsetzt, einen alten Vogel, der schon mit einem Bein im Grabe stand, so lose Reden führen zu hören.

»Glaube mir«, sagte er ernst, »ich bin auf keiner so leichtfertigen und ziellosen Wanderfahrt, wie du andeutest. Die schwarzäugigen Mädchen Andalusiens, die in den Orangenhainen des Guadalquivir tanzen, sind mir einerlei. Ich suche ein ganz bestimmtes Mädchen, eine unbekannte, doch makellose Schönheit, das Original dieses Bildes hier, und ich flehe dich an, höchst mächtiger Rabe, wenn es im Rahmen deines Wissens oder im Bereich deiner Kunst liegt, so teile mir mit, wo ich sie finden kann.«

Der grauköpfige Rabe fühlte sich durch den Ernst des Prinzen zurechtgewiesen.

»Was weiß ich denn«, erwiderte er trocken, »von Jugend und Schönheit? Meine Besuche gelten den Alten und Welken, nicht den Erblühenden und Anmutigen: Der Künder des Schicksals bin ich, der vom Schornstein herab Todesbotschaften krächzt und vor dem Fenster des Kranken mit den Flügeln schlägt. Du mußt anderswo Nachricht von deiner unbekannten Schönen suchen.«

»Und wo soll ich sie suchen, wenn nicht unter den Söhnen der Weisheit, die bewandert sind im Buche des Schicksals? Wisse, daß ich ein Prinz von königlichem Blute bin, von den Sternen berufen und zu einem geheimnisvollen Unternehmen ausgesandt, von dem das Schicksal ganzer Reiche abhängen kann.«

Als der Rabe hörte, daß es sich um eine Angelegenheit von höchster Bedeutung handelte, an der selbst die Sterne Interesse zeigten, änderte er seinen Ton und sein Benehmen und lauschte mit größter Aufmerksamkeit der Geschichte des Prinzen. Als sie beendet war, erwiderte er: »Was diese Prinzessin betrifft, so kann ich selbst dir keine Auskunft geben, denn mein Flug führt nicht durch Gärten oder um die Gemächer edler Damen; doch mache dich auf nach Córdoba und suche dort den Palmbaum des großen Abderahman, der im Hofe der Hauptmoschee steht; an seinem Fuße wirst du einen berühmten Reisenden finden, der alle Länder und Höfe besucht hat und der Liebling von Königinnen und Prinzessinnen gewesen ist. Er wird dir Nachricht vom Gegenstand deiner Suche geben.«

»Vielen Dank für diese wertvolle Auskunft«, sagte der Prinz. »Lebe wohl, höchst verehrungswürdiger Zauberer.«

»Lebe wohl, Liebespilger!« sagte der Rabe trocken und versenkte sich wieder in die Betrachtung der Figur.

Der Prinz brach unverzüglich von Sevilla auf, suchte seine Reisegefährtin, die Eule, die noch immer in dem hohlen Baume döste, und machte sich auf den Weg nach Córdoba.

Er näherte sich der Stadt an hängenden Gärten und

Orangen- und Zitronenhainen entlang, die das liebliche Tal des Guadalquivir überblickten. Als sie vor den Toren angekommen waren, flog die Eule in ein dunkles Loch in der Mauer hinauf, und der Prinz begab sich auf die Suche nach dem Palmbaum, den einst der große Abderahman gepflanzt hatte. Er stand, zwischen Zypressen und Orangenbäumen hoch emporragend, in der Mitte des großen Hofes der Moschee. Derwische und Fakire saßen in Gruppen in den Säulengängen des Hofes, und viele der Gläubigen verrichteten an den Brunnen ihre Waschungen, bevor sie die Moschee betraten.

Am Fuße des Palmbaums lauschte eine Menschenmenge den Worten eines Redners, der mit großer Zungenfertigkeit zu sprechen schien. Dies, sagte der Prinz bei sich, muß der berühmte Reisende sein, der mir Nachricht von meiner unbekannten Prinzessin geben soll. Er mischte sich unter die Menge, mußte jedoch zu seinem Erstaunen entdecken, daß die Versammelten allesamt einem Papageien lauschten, der mit seinem hellgrünen Rock, seinem vorwitzigen Auge und seinem wichtigtuerischen Schopf ganz das Aussehen eines Vogels hatte, der mit sich selbst in bestem Einvernehmen stand.

»Wie kommt es«, sagte der Prinz zu einem der Umstehenden, »daß so viele ernsthafte Menschen an dem Geschwätz eines plappernden Vogels Gefallen finden können?«

»Du scheinst nicht zu wissen, von wem du sprichst«, erwiderte der andere, »dieser Papagei ist ein Abkömmling jenes berühmten Papageien aus Persien, der für seine Erzählergabe bekannt war. Er hat alles Wissen des Morgenlandes auf seiner Zungenspitze und kann mit derselben Geschwindigkeit Gedichte aufsagen, mit der er reden kann. Er ist an zahlreichen fremden Höfen gewesen, wo er als ein Orakel der Gelehrsamkeit galt. Er ist auch der allgemeine Liebling des schönen Geschlechtes gewesen, das eine grenzenlose Bewunderung hegt für gelehrte Papageien, die Gedichte aufsagen können.«

»Genug«, sagte der Prinz, »ich will ein vertrauliches Gespräch mit diesem berühmten Reisenden führen.«

Er suchte um eine private Unterredung nach und erklärte den Grund seiner Wanderfahrt. Kaum hatte er ihn genannt, da brach der Papagei in ein trockenes, dünnes Gelächter aus, das ihm buchstäblich Tränen in die Augen trieb.

»Entschuldige meine Heiterkeit«, sagte er, »aber schon die bloße Erwähnung der Liebe bringt mich stets zum Lachen.«

Der Prinz war entrüstet über diese unpassende Fröhlichkeit.

»Ist nicht die Liebe«, sagte er, »das große Geheimnis der Natur, das geheime Prinzip des Lebens, das allumfassende Band der Harmonie?«

»Ach, Mumpitz!« rief der Papagei, ihm ins Wort fallend. »Ich bitte dich, wo hast du denn diesen sentimentalen Quatsch her? Glaube mir, die Liebe ist völlig aus der Mode; in der Gesellschaft geistvoller und kultivierter Menschen hört man nie mehr von ihr!«

Der Prinz seufzte, als er sich der so ganz anderen Sprache seiner Freundin, der Taube, erinnerte. Aber dieser Papagei, dachte er, hat bei Hofe gelebt, er spielt den geistvollen, vornehmen Herrn, er weiß nichts von diesem Ding, das man Liebe nennt. Da er das Gefühl, von dem sein Herz erfüllt war, nicht noch mehr dem Spott preisgeben wollte, richtete er seine Nachfragen nun auf den unmittelbaren Anlaß seines Besuches.

»Sage mir«, begann er, »o höchst gebildeter Papagei, der

du allenthalben zu den geheimsten Gemächern der Schönheit Zutritt hattest, bist du im Verlauf deiner Reisen auch dem Original dieses Porträts begegnet?«

Der Papagei nahm das Bildnis in seine Klaue, drehte den Kopf von einer Seite auf die andere und prüfte es bald mit dem einen, bald mit dem anderen Auge.

»Bei meiner Ehre«, sagte er schließlich, »ein sehr hübsches Gesicht, wirklich sehr hübsch, aber man sieht so viele hübsche Frauen auf seinen Reisen, daß man sich kaum – doch halt! du meine Güte – wenn ich genauer hinsehe – ja natürlich – das ist doch die Prinzessin Aldegonda – wie konnte ich nur jemand vergessen, der zu meinen erklärten Lieblingen gehört!«

»Die Prinzessin Aldegonda!« wiederholte der Prinz. »Und wo ist sie zu finden?«

»Gemach, gemach«, sagte der Papagei, »sie ist leichter zu finden als zu gewinnen. Sie ist die einzige Tochter des christlichen Königs, der zu Toledo herrscht, und ist auf Grund einer Weissagung jener fürwitzigen Burschen, der Astrologen, bis zu ihrem siebzehnten Geburtstag von der Welt abgeschlossen. Du wirst sie nicht zu Gesicht bekommen; kein Sterblicher darf sie sehen. Ich bin zu ihr vorgelassen worden, um sie zu unterhalten, und ich versichere dir – beim Worte eines Papageien, der die Welt gesehen hat –, daß ich schon mit viel einfältigeren Prinzessinnen gesprochen habe.«

»Ein Wort im Vertrauen, mein lieber Papagei«, sagte der Prinz. »Ich bin der Erbe eines Königreiches und werde eines Tages auf einem Thron sitzen. Ich sehe, daß du ein Vogel von großen Gaben bist und die Welt kennst. Hilf mir, in den Besitz der Prinzessin zu gelangen, und ich werde dir ein hervorragendes Amt bei Hofe verleihen.«

»Von Herzen gern«, sagte der Papagei, »aber laß es nach

Möglichkeit eine Sinekure sein, denn wir Schöngeister hegen eine große Abneigung gegen Arbeit.«

Die nötigen Anordnungen wurden unverzüglich getroffen, der Prinz verließ Córdoba durch dasselbe Tor, durch das er gekommen war, rief die Eule aus dem Loch in der Mauer herunter, stellte sie dem neuen Reisegefährten als eine gelehrte Kollegin vor, und los ging die Reise.

Sie kamen weit langsamer voran, als die Ungeduld des Prinzen es verlangte, aber der Papagei war nun mal an das vornehme Leben gewöhnt und haßte es, schon früh am Morgen gestört zu werden. Die Eule andererseits schlief mittags gern und vergeudete eine Menge Zeit durch ihre ausgedehnten Siestas. Auch war ihr altertümlicher Geschmack sehr hinderlich; denn sie bestand darauf, bei jeder Ruine haltzumachen und sie zu besichtigen, und wußte über jeden alten Turm und jedes alte Schloß im Lande endlose Geschichten zu erzählen. Der Prinz hatte angenommen, daß sie und der Papagei, da sie ja beide Vögel von Bildung waren, an ihrer gegenseitigen Gesellschaft Freude finden würden, aber nie hatte er sich mehr geirrt. Sie lagen sich ständig in den Haaren. Der eine war ein Schöngeist, der andere ein Philosoph. Der Papagei rezitierte Gedichte, tat seine Meinung über neuerschienene Bücher kund und redete gewandt über spitzfindige Fragen der Gelehrsamkeit; die Eule betrachtete all dieses Wissen als belanglos und fand an nichts Geschmack als an der Metaphysik. Daraufhin sang der Papagei dann Lieder und wiederholte Bonmots und riß Witze über seine feierlich-ernste Nachbarin und lachte unbändig über seine eigenen Scherze, welches ganze Gebaren die Eule als eine empfindliche Beeinträchtigung ihrer Würde betrachtete und demzufolge grollte und schmollte und zürnte und einen ganzen Tag lang kein einziges Wort sagte.

Der Prinz beachtete die Streitigkeiten seiner Gefährten nicht, da er in die Träume seiner eigenen Phantasie und in die Betrachtung des Porträts der schönen Prinzessin vertieft war. Auf diese Weise reisten sie über die rauhen Pässe der Sierra Morena, über die sonnenverbrannten Ebenen der La Mancha und Kastiliens und entlang den Ufern des »goldenen Tajo«, der seine zauberischen Irrgänge durch halb Spanien und Portugal windet. Schließlich erblickten sie in der Ferne eine mächtige Stadt mit Mauern und Türmen, die auf einem felsigen Bergvorsprung erbaut war, dessen Fuß der Tajo mit tosender Heftigkeit umspülte.

»Seht!« rief die Eule. »Die berühmte, alte Stadt Toledo, eine Stadt, die bekannt ist für ihre Altertümer. Seht diese ehrwürdigen Kuppeln und Türme, die grau sind von der Zeit und in sagenhaften Glanz gehüllt und in denen so viele meiner Vorfahren meditiert haben!«

»Pah!« rief der Papagei, ihr feierliches, altertümelndes Entzücken unterbrechend. »Was gehen uns Altertümer und Sagen und deine Vorfahren an? Seht das, was uns hier viel mehr interessiert – siehe endlich, o Prinz, den Wohnsitz deiner lang gesuchten Prinzessin!«

Der Prinz schaute in die vom Papagei angegebene Richtung und erblickte auf einer herrlichen grünen Aue am Ufer des Tajo einen stattlichen Palast, der inmitten der Lauben eines köstlichen Gartens emporragte. Es war ganz so ein Ort, wie ihn die Taube als Aufenthalt des Originals jenes Bildnisses beschrieben hatte. Der Prinz betrachtete ihn mit klopfendem Herzen. Vielleicht, dachte er, ergeht sich die schöne Prinzessin in eben diesem Augenblick in jenen schattigen Lauben oder schreitet mit zierlichem Tritt über jene stattlichen Terrassen oder ruht unter jenen hohen Dächern! Als er genauer hinsah, bemerkte er, daß die Mauern des Gartens von so großer Höhe waren, daß sie jedem Zugang trotzten, während Scharen bewaffneter Wachen vor ihnen die Runde machten.

Der Prinz wandte sich an den Papageien.

»O vollkommenster aller Vögel«, sagte er, »du hast die Gabe der menschlichen Sprache. Begib dich eilends in jenen Garten dort drüben, suche die Göttin meiner Seele und sage ihr, daß Prinz Ahmed, ein Pilger der Liebe und von den Sternen geleitet, auf der Suche nach ihr am blumigen Gestade des Tajo eingetroffen ist.«

Der Papagei, stolz auf seine diplomatische Mission, flog zum Garten hin, schwang sich über seine hohen Mauern und ließ sich, nachdem er eine Zeitlang über den Rasenflächen und Gehölzen geschwebt hatte, auf dem Balkon eines Pavillons nieder, der den Fluß überragte. Hier erblickte er, als er zum Fenster hineinspähte, die Prinzessin, die auf einem Ruhebett lag und die Augen auf ein Blatt Papier geheftet hielt, während sich Träne um Träne sacht ihre blassen Wangen hinabstahl.

Rasch putzte der Papagei seine Flügel, rückte seinen hellgrünen Rock zurecht, stellte seinen Schopf auf, setzte sich dann mit einer galanten Gebärde neben sie und sagte, einen zärtlichen Ton annehmend: »Trockne deine Tränen, o schönste aller Prinzessinnen, ich komme, deinem Herzen Trost zu bringen.«

Die Prinzessin erschrak, als sie eine Stimme hörte, und drehte sich um. Da sie nur einen grünberockten kleinen Vogel erblickte, der sich vor ihr neigte und spreizte, sagte sie: »Ach, was für einen Trost kannst du schon spenden, da ich doch sehe, daß du nur ein Papagei bist?«

Der Papagei ärgerte sich über diese Frage.

»Ich habe zu meiner Zeit viele schöne Damen getröstet«, sagte er, »aber lassen wir das. Jetzt komme ich als Abgesandter eines königlichen Prinzen. Wisse, daß

Ahmed, der Prinz von Granada, auf der Suche nach dir hier eingetroffen ist und in ebendiesem Augenblick am blumigen Gestade des Tajo lagert.«

Die Augen der schönen Prinzessin erstrahlten bei diesen Worten heller als die Diamanten in ihrem Krönchen.

»O liebenswertester aller Papageien!« rief sie. »Freudenreich ist in der Tat deine Nachricht, denn ich war schon ganz verzagt und verdrossen und fast todkrank vor Ungewißheit über Ahmeds Treue. Begib dich eilends zurück und sage ihm, daß die Worte seines Briefes in mein Herz gegraben sind und daß seine Verse die Nahrung meiner Seele waren. Sage ihm aber auch, daß er sich rüsten müsse, seine Liebe mit Waffengewalt zu beweisen; morgen ist mein siebzehnter Geburtstag, an welchem Tage der König, mein Vater, ein großes Turnier veranstaltet; mehrere Prinzen werden in die Schranken treten, und meine Hand soll der Preis des Siegers sein.«

Der Papagei schwang sich abermals auf und flog, durch die Haine rauschend, dorthin, wo der Prinz auf seine Rückkehr wartete. Das Entzücken Ahmeds, das Original seines angebeteten Porträts gefunden zu haben und es überdies ihm wohlgewogen und treu zu wissen, können sich nur jene bevorzugten Sterblichen vorstellen, die das Glück hatten, Tagträume verwirklicht und einen Schatten Gestalt annehmen zu sehen. Dennoch gab es etwas, das seine Freude trübte – das bevorstehende Turnier! In der Tat funkelte das Ufer des Tajo bereits von Waffen und hallte wider von den Trompeten der verschiedenen Ritter, die mit stolzem Gefolge gen Toledo zogen, um an dem Zeremoniell teilzunehmen.

Derselbe Stern, der das Geschick des Prinzen bestimmt hatte, lenkte auch das der Prinzessin, und bis zu ihrem siebzehnten Geburtstag war sie von der Welt abgeschlossen gewesen, um vor der zärtlichen Leidenschaft bewahrt zu sein. Der Ruhm ihres Liebreizes war jedoch durch diese Absonderung eher gesteigert als vermindert worden. Mehrere mächtige Prinzen hatten sich um ihre Hand beworben, und ihr Vater, der ein König von wunderbarer Schlauheit war, hatte sie, um sich nicht durch parteiliches Verhalten Feinde zu machen, an das Urteil der Waffen verwiesen.

Unter den rivalisierenden Bewerbern befanden sich mehrere, die für ihre Stärke und Tapferkeit berühmt waren. Welch eine schlimme Lage für den unglücklichen Ahmed, der ja weder mit Waffen versehen noch der ritterlichen Übungen kundig war!

»O ich beklagenswerter Prinz«, sagte er, »der ich in völliger Abgeschiedenheit unter der Obhut eines Philosophen aufgezogen wurde! Was nützen mir in Liebesdingen Algebra und Philosophie? Ach, Eben Bonabben, warum hast du es versäumt, mich im Gebrauch der Waffen zu unterweisen?«

Bei diesen Worten erhob die Eule ihre Stimme, ihre Rede mit einem frommen Ausruf einleitend, denn sie war eine gläubige Muselmanin.

»Allah Akbar! Gott ist groß!« rief sie. »In seinen Händen sind alle geheimen Dinge – er allein lenkt die Geschicke von Prinzen. Wisse, o Prinz, daß dieses Land voller Geheimnisse ist, die allen verborgen sind außer jenen, die – wie ich selbst – auch im Dunkeln nach Wissen tappen können. Wisse, daß in den benachbarten Bergen sich eine Höhle befindet und in dieser Höhle ein eiserner Tisch, und auf diesem Tisch liegt eine Zauberrüstung, und neben diesem Tisch steht ein verzaubertes Roß, welch sämtliche Dinge seit vielen Generationen dort eingeschlossen sind.«

Der Prinz lauschte starr vor Staunen, während die Eule, mit ihren riesigen Augen blinzelnd und ihre Ohrbüschel aufrichtend, fortfuhr.

»Vor vielen Jahren begleitete ich meinen Vater auf einer Rundreise durch seine Besitzungen in diese Gegend, und wir verweilten in jener Höhle; auf diese Weise wurde ich mit dem Geheimnis bekannt. Es gibt eine mündliche Überlieferung in unserer Familie, die ich von meinem Großvater hörte, als ich noch ein ganz kleines Eulchen war – daß nämlich diese Rüstung einst einem maurischen Zauberer gehört habe, der in dieser Höhle Zuflucht suchte, als Toledo von den Christen erobert wurde, und hier starb, sein Roß und seine Wehr unter einem Zauberbann zurücklassend, daß kein anderer als ein Muselman sie gebrauchen solle, und dieser auch nur von Sonnenaufgang bis Mittag. Wer immer aber sie in dieser Zeit gebrauche, werde jeden Gegner besiegen.«

»Genug – laß uns diese Höhle suchen!« rief Ahmed.

Von seinem sagenkundigen Mentor geführt, fand der Prinz die Höhle, die in einem der wildesten Winkel jener Felswände lag, die rund um Toledo aufragen; nur das Auge einer auf Mäusejagd gehenden Eule oder ein Altertumsforscher hätte ihren Eingang entdecken können. Eine Totenlampe mit ewig brennendem Öl warf ein feierliches Licht über die Stätte. Auf einem eisernen Tisch in der Mitte der Höhle lag die Zauberrüstung, die Lanze war darangelehnt, und daneben stand ein Araberhengst, zum Kampf mit einer Schabracke geschmückt, doch reglos wie eine Statue. Die Rüstung glänzte so hell und fleckenlos wie in längst vergangenen Zeiten, das Roß befand sich in so gutem Zustand, als wäre es eben erst von der Weide gekommen, und als Ahmed ihm die Hand auf den Hals legte, stampfte es mit den Hufen und stieß ein lautes

Freudenwiehern aus, das die Wände der Höhle erschütterte. Derart reich mit »Roß und Rüstung und Waffen« versehen, beschloß der Prinz, bei dem bevorstehenden Turnier seine Rivalen herauszufordern.

Der entscheidende Morgen kam. Die Schranken für den Kampf wurden in der Vega oder Ebene direkt unterhalb der ragenden Felsmauern Toledos aufgebaut, wo man für die Zuschauer Tribünen und Galerien errichtet hatte, die mit kostbaren Teppichen bedeckt und durch seidene Baldachine vor der Sonne geschützt waren. Sämtliche Schönheiten des Landes waren auf diesen Galerien versammelt, während vor ihnen mit ihren Pagen und Knappen helmbuschgeschmückte Ritter paradierten, unter denen die Prinzen, die im Turnier streiten sollten, besonders hervorstachen. All die Schönheiten des Landes aber wurden in den Schatten gestellt, als die Prinzessin Aldegonda im königlichen Zelt erschien und sich zum erstenmal dem Blick einer bewundernden Welt darbot. Ein Murmeln des Staunens lief durch die Menge angesichts ihres ungewöhnlichen Liebreizes, und die Prinzen, die allein im Vertrauen auf die Kunde von ihrer Anmut als Bewerber um ihre Hand auftraten, verspürten sogleich die zehnfache Begeisterung für den Kampf.

Die Prinzessin jedoch sah betrübt aus. Die Röte kam und ging auf ihren Wangen, und ihr Auge irrte mit einem ruhelosen und unzufriedenen Ausdruck über die helmbuschgeschmückte Ritterschar. Die Trompeten sollten eben zum Kampfe blasen, als der Herold die Ankunft eines fremden Ritters verkündete und Ahmed in die Arena ritt. Ein mit Juwelen besetzter stählerner Helm erhob sich über seinem Turban, sein Harnisch war mit Gold verziert, sein Pallasch und sein Dolch stammten aus den Waffenschmieden von Fez und funkelten von

Edelsteinen. Ein runder Schild hing an seiner Schulter, und in der Hand trug er die zauberkräftige Lanze. Die Schabracke seines Araberhengstes war reich bestickt und streifte den Boden, und das stolze Tier tänzelte und schnaubte und wieherte vor Freude, daß es noch einmal das Gepränge der Waffen sah. Die edle und anmutige Haltung des Prinzen beeindruckte jedes Auge, und als sein Kriegsname »Der Liebespilger« verkündet wurde, entstand allgemeine Bewegung und Unruhe unter den schönen Damen auf den Galerien.

Doch als Ahmed an die Schranken ritt, schloß man diese vor ihm: Nur Prinzen, sagte man ihm, seien zum Kampf zugelassen. Da nannte er seinen Namen und Rang. Aber noch schlimmer! – er war ein Muselman und konnte an keinem Turnier teilnehmen, dessen Preis die Hand einer christlichen Prinzessin war.

Seine prinzlichen Mitbewerber umringten ihn mit hochmütigen und drohenden Mienen, und einer von unverschämtem Benehmen und herkulischem Wuchs lachte höhnisch über seine zierliche, jugendliche Gestalt und spottete über seinen von Liebe sprechenden Kriegsnamen. Das erregte den Zorn des Prinzen. Er forderte seinen Nebenbuhler zum Zweikampf heraus. Sie ritten auf die vorgeschriebene Entfernung auseinander, wendeten und stürmten aufeinander los; und bei der ersten Berührung der Zauberlanze wurde der stämmige Spötter aus dem Sattel geworfen. Hier hätte der Prinz gern eingehalten, aber ach! – er hatte es mit einem dämonischen Pferd und einer ebensolchen Rüstung zu tun; einmal im Gange, konnte nichts mehr sie aufhalten. Der Araberhengst stürzte sich in das dichteste Gewühl, die Lanze stieß alles, was ihr in den Weg kam, nieder; der sanfte Prinz wurde kreuz und quer über das Feld getragen, es mit

Hoch und Niedrig, Vornehm und Gering bedeckend und sich über seine unfreiwilligen Heldentaten grämend. Der König tobte und wütete über diesen Frevel an seinen Untertanen und Gästen. Er schickte all seine Wachen aus – sie wurden so schnell vom Pferd geschleudert, wie sie herankamen. Der König warf seine Prunkgewänder ab, ergriff Schild und Lanze und ritt hinaus, um den Fremdling durch die Gegenwart der Majestät selbst einzuschüchtern. Doch ach, der Majestät erging es nicht besser als den gewöhnlichen Sterblichen, das Roß und die Lanze achteten der Person nicht; Ahmed wurde zu seinem Entsetzen mit voller Wucht dem König entgegengetragen, und in der nächsten Sekunde ragten die königlichen Fersen in die Luft, und die Krone rollte durch den Staub.

In diesem Augenblick hatte die Sonne ihren höchsten Stand erreicht, der Zauberbann gewann seine Kraft zurück, der Araberhengst jagte über die Ebene, sprang über die Barriere, stürzte sich in den Tajo, durchschwamm dessen reißende Strömung, trug den Prinzen atemlos und bestürzt in die Höhle und nahm wieder gleich einer Statue neben dem eisernen Tisch Aufstellung. Der Prinz stieg heilfroh ab und legte die Rüstung an ihren Platz zurück, damit sie der weiteren Bestimmungen des Schicksals harrte. Dann setzte er sich in der Höhle nieder und sann über die verzweifelte Lage nach, in die dieses dämonische Roß samt Rüstung ihn gebracht hatte. Niemals wieder konnte er sich in Toledo blicken lassen, nachdem er seiner Ritterschaft eine solche Schmach angetan und seinem König einen solchen Schimpf zugefügt hatte. Und was mochte wohl die Prinzessin von solch rohem und ungehobeltem Benehmen denken? Voller Besorgnis sandte er seine gefiederten Boten aus, Nachrichten einzuholen. Der Papagei begab sich zu allen öffentlichen Plätzen und belebten Orten der Stadt und kehrte bald mit einer Unmenge von Klatsch und Tratsch zurück. Ganz Toledo war in heller Aufregung. Die Prinzessin hatte man ohnmächtig in den Palast getragen; das Turnier hatte in heilloser Verwirrung geendet; alles sprach von dem plötzlichen Erscheinen, den wunderbaren Taten und dem merkwürdigen Verschwinden des muselmanischen Reiters. Die einen erklärten ihn für einen maurischen Zauberer, die anderen hielten ihn für einen Dämon, der menschliche Gestalt angenommen habe, während wieder andere Legenden von verzauberten Kriegern erzählten, die in den Höhlen der Berge verborgen seien, und meinten, es könne sich nur um einen von diesen handeln, der einen plötzlichen Ausfall aus seiner Höhle unternommen habe. Alle aber stimmten darin überein, daß kein gewöhnlicher Mensch solche Wunder hätte vollbringen und so vollkommene und tapfere christliche Kämpen aus dem Sattel werfen können.

Die Eule flog bei Nacht aus, schwebte über der dunklen Stadt und setzte sich auf Dächer und Schornsteine. Dann nahm sie den Weg zum königlichen Palaste hin, der auf einer Felsenhöhe Toledos stand, und stöberte auf den Terrassen und Zinnen umher, lauschte an jeder Spalte und starrte mit ihren großen, glotzenden Augen in jedes Fenster, hinter dem Licht brannte, so daß zwei oder drei Hofdamen in Ohnmacht fielen. Erst als die graue Morgendämmerung sich über den Bergen zu zeigen begann, kehrte sie von ihrem Erkundungsflug zurück und berichtete dem Prinzen, was sie gesehen hatte.

»Als ich gerade um einen der höchsten Türme des Palastes strich«, sagte sie, »erblickte ich durch ein Fenster eine schöne Prinzessin. Sie lag auf einem Ruhebett, von Dienerinnen und Ärzten umgeben, doch wollte sie keinerlei Dienst und Hilfe von ihnen annehmen. Als sie sich zurückgezogen hatten, sah ich, wie sie einen Brief aus ihrem Busen zog, ihn las und küßte und sodann in lautes Klagen ausbrach, was mich, obwohl ich ein Philosoph bin, gar heftig rührte.«

Ahmeds zärtliches Herz war tief betrübt bei dieser Nachricht.

»Allzu wahr, o weiser Eben Bonabben«, rief er, »waren deine Worte, Kummer und Sorgen und schlaflose Nächte sind das Los der Liebenden. Allah bewahre die Prinzessin vor dem verderblichen Einfluß dieses Dinges, das man Liebe nennt.«

Weitere Kunde aus Toledo bestätigte den Bericht der Eule. Die Stadt war ein Opfer von Unruhe und Furcht. Die Prinzessin war in den höchsten Turm des Palastes gebracht worden, und jeder Zugang zu diesem wurde streng bewacht. Unterdessen hatte sich der Prinzessin eine verzehrende Schwermut bemächtigt, deren Ursache niemand zu ergründen vermochte – sie verweigerte die Nahrung und verschloß jedem Trost ihr Ohr. Die geschicktesten Ärzte hatten vergeblich ihre Kunst versucht; man nahm an, es sei ein Zauber auf sie geworfen worden, und der König ließ öffentlich bekanntmachen, daß derjenige, dem es gelänge, sie zu heilen, das kostbarste Juwel aus der königlichen Schatzkammer erhalten solle.

Als die Eule, die in einer Ecke döste, von dieser Bekanntmachung hörte, rollte sie mit ihren großen Augen und sah geheimnisvoller drein denn je.

»Allah Akbar!« rief sie. »Glücklich der Mann, der diese Heilung vollbringt, sofern er nur weiß, was er aus der königlichen Schatzkammer wählen soll!«

»Was meinst du damit, höchst verehrungswürdige Eule?« fragte Ahmed.

»Vernimm, o Prinz, was ich zu berichten habe. Wir Eulen, mußt du wissen, sind eine gelehrte Zunft und dunklem, staubigem Forschen sehr ergeben. Auf meinem letzten nächtlichen Streifzug um die Kuppeln und Türme Toledos entdeckte ich eine Gesellschaft altertumskundiger Eulen, die ihre Zusammenkünfte im Gewölbe eines großen Turmes abhalten, in dem der königliche Schatz aufbewahrt wird. Hier erörterten sie die Formen, Inschriften und Muster alter Juwelen und Edelsteine sowie goldener und silberner Gefäße, die, gestaltet im Stil aller Länder und Epochen, in der Schatzkammer aufgehäuft sind; am meisten aber interessierten sie sich für gewisse Reliquien und Talismane, die seit der Zeit des Gotenkönigs Roderich in der Schatzkammer liegen. Unter diesen nun befand sich auch ein Kasten aus Sandelholz, der durch Stahlbänder von orientalischer Arbeit verschlossen und mit mystischen, nur einigen wenigen Gelehrten vertrauten Zeichen beschriftet war. Dieser Kasten und seine Inschrift hatten die Gesellschaft während mehrerer Sitzungen beschäftigt und zahlreiche lange, ernsthafte Debatten ausgelöst. Zur Zeit meines Besuches saß gerade eine uralte Eule, die erst kürzlich aus Ägypten gekommen war, auf dem Deckel des Kastens und hielt einen Vortrag über die Inschrift, aus der sie nachwies, daß die Truhe den seidenen Teppich vom Throne Salomos des Weisen berge, welcher zweifellos von jenen Juden nach Toledo gebracht worden sei, die nach dem Falle Jerusalems dort Zuflucht gesucht hätten.«

Als die Eule ihre altertumskundige Rede beendet hatte, blieb der Prinz noch eine Weile in Gedanken vertieft.

»Ich habe«, sagte er dann, »vom weisen Eben Bonabben von den wunderbaren Eigenschaften jenes Talismans gehört, der beim Falle Jerusalems verschwand und für die

Menschheit als verloren galt. Zweifellos bleibt er für die Christen von Toledo ein versiegeltes Geheimnis. Wenn ich diesen Teppich in meinen Besitz bringen kann, so ist mein Glück sicher.«

Am nächsten Tag legte der Prinz seine reiche Tracht ab und kleidete sich in das schlichte Gewand eines Arabers der Wüste. Er färbte sich das Antlitz dunkelbraun, und niemand hätte in ihm den glanzvollen Krieger erkennen können, der bei dem Turnier so große Verwunderung und Verwirrung ausgelöst hatte. Mit dem Stab in der Hand, der Tasche an der Seite und einer kleinen Hirtenflöte machte er sich auf nach Toledo, begab sich zum Tor des königlichen Palastes und meldete sich als Bewerber um die Belohnung, die für die Heilung der Prinzessin ausgesetzt war. Die Wachen wollten ihn mit Schlägen davonjagen.

»Was soll schon ein umherziehender Araber wie du«, höhnten sie, »in einem Falle ausrichten können, in dem selbst die Gelehrtesten des Landes versagt haben?« Der König hörte jedoch den Lärm und befahl, den Araber vor sein Angesicht zu bringen.

»Allermächtigster König«, sagte Ahmed, »du siehst vor dir einen Beduinen, der den größten Teil seines Lebens in den Einöden der Wüste verbracht hat. Diese Einöden sind, wie wohlbekannt ist, der Wohnsitz von Dämonen und bösen Geistern, die uns arme Hirten bei unseren einsamen Wachen heimsuchen, in unsere Herden fahren und sich ihrer bemächtigen und zuweilen selbst die geduldigen Kamele rasend machen; unser Gegenzauber ist Musik, und wir haben von Generation zu Generation weitergegebene legendäre Weisen, die wir singen und spielen, um diese bösen Geister zu vertreiben. Ich gehöre einem begabten Geschlechte an und besitze diese Fähigkeit in ihrer vollsten Ausprägung. Wenn es ein böser Einfluß besagter Art ist, der deine Tochter verzaubert hat, so setze ich meinen Kopf als Pfand, daß ich sie von diesem Bann befreie.«

Den König, der ein Mann von Verstand war und wußte, welche wunderbaren Geheimnisse die Araber besaßen, erfüllte die zuversichtliche Rede des Prinzen mit Hoffnung. Er führte ihn sogleich zu dem durch mehrere Türen gesicherten hohen Turm, an dessen Spitze sich das Gemach der Prinzessin befand. Die Fenster gingen auf eine Terrasse mit Brüstung hinaus, von der man einen weiten Blick über Toledo und das umliegende Land hatte. Doch waren sie jetzt verdunkelt, denn die Prinzessin lag drinnen, das Opfer eines verzehrenden Grams, der sich jeder Linderung entzog.

Der Prinz setzte sich auf die Terrasse und spielte auf seiner Hirtenflöte mehrere wilde arabische Weisen, die er von seinen Dienern im Generalife zu Granada erlernt hatte. Die Prinzessin blieb gleichgültig, und die anwesenden Doktoren schüttelten den Kopf und lächelten voll Unglauben und Verachtung. Schließlich legte der Prinz die Flöte beiseite und sang nach einer einfachen Melodie die leidenschaftlichen Verse des Briefes, in dem er seine Liebe erklärt hatte.

Die Prinzessin erkannte die Worte – eine zaghafte Freude beschlich ihr Herz; sie hob den Kopf und lauschte; Tränen schossen ihr in die Augen und strömten die Wangen hinunter; ihr Busen hob und senkte sich in einem Aufruhr der Gefühle. Sie hätte gern gebeten, man solle den Sänger zu ihr bringen, doch jungfräuliche Scheu ließ sie schweigen. Der König aber erriet ihre Wünsche, und auf seinen Befehl wurde Ahmed in das Gemach geführt. Die Liebenden waren vorsichtig: Sie wechselten nur Blicke, doch diese Blicke sprachen Bände. Nie war der

Triumph der Musik vollkommener gewesen. Die Rose war auf die zarten Wangen der Prinzessin zurückgekehrt, die Frische auf ihre Lippen und das tauige Licht in ihre schmachtenden Augen.

Alle anwesenden Ärzte starrten einander erstaunt an. Der König betrachtete den arabischen Sänger voll Bewunderung, in die sich Ehrfurcht mischte.

»Wunderbarer Jüngling!« rief er. »Du sollst fortan der Erste Arzt an meinem Hofe sein, und ich will keine andere Medizin nehmen als deine Melodie. Für jetzt aber empfange deinen Lohn, das kostbarste Juwel aus meiner Schatzkammer.«

»O König«, erwiderte Ahmed, »Silber, Gold und Edelsteine sind mir einerlei. Aber du hast eine Reliquie in deiner Schatzkammer, die von den Muselmanen stammt, denen einst Toledo gehörte – einen Kasten aus Sandelholz, der einen seidenen Teppich enthält. Gib mir diesen Kasten, und ich will zufrieden sein!«

Alle Anwesenden wunderten sich über die Bescheidenheit des Arabers, und sie wunderten sich noch mehr, als der Sandelholzkasten gebracht und der Teppich herausgenommen wurde. Er war aus feiner grüner Seide und mit hebräischen und chaldäischen Schriftzeichen bedeckt. Die Hofärzte sahen einander an, zuckten die Achseln und lächelten über die Einfalt dieses neuen Heilkundigen, der sich mit so einem armseligen Lohn zufriedengab.

»Dieser Teppich«, sagte der Prinz, »hat einst den Thron Salomos des Weisen bedeckt, er ist es wert, daß man ihn unter die Füße der Schönheit legt.«

Während er so sprach, breitete er den Teppich auf der Terrasse unter eine Ottomane, die für die Prinzessin herbeigebracht worden war. Dann setzte er sich ihr zu Füßen und sagte: »Wer wird vereiteln, was im Buche des

Schicksals geschrieben steht? Seht die Weissagung der Astrologen erfüllt. Wisse, o König, daß deine Tochter und ich uns seit langem heimlich lieben. Sieh in mir den Liebespilger!«

Diese Worte waren kaum von seinen Lippen, als sich der Teppich in die Luft erhob und den Prinzen und die Prinzessin davontrug. Der König und die Ärzte starrten ihm mit offenem Mund und aufgerissenen Augen hinterher, bis er nur noch ein kleiner Fleck an der weißen Brust einer Wolke war und schließlich am blauen Himmelsgewölbe verschwand.

Voller Wut ließ der König seinen Schatzmeister kommen.

»Wie konntest du es zulassen«, sagte er, »daß ein Ungläubiger solch einen Talisman in seinen Besitz gebracht hat?«

»Ach, Herr, wir kannten seine Eigenschaften nicht und konnten auch die Inschrift auf dem Kasten nicht entziffern. Wenn es wirklich der Teppich vom Thron des weisen Salomo ist, dann sind ihm Zauberkräfte eigen, und er kann seinen Besitzer von einem Ort zum andern durch die Luft tragen.«

Der König zog ein mächtiges Heer zusammen und brach nach Granada auf, die Flüchtigen verfolgend. Sein Marsch war lang und beschwerlich. Auf der Vega sein Lager aufschlagend, sandte er einen Herold aus, die Rückgabe seiner Tochter zu verlangen. Der König selbst kam ihm mit seinem ganzen Hof entgegen. Und er erkannte in dem König den bewußten Sänger, denn Ahmed war beim Tode seines Vaters diesem auf den Thron gefolgt, und die schöne Aldegonda war seine Sultanin.

Der christliche König war rasch besänftigt, als er erfuhr, daß seine Tochter ihren Glauben hatte beibehalten dürfen. Nicht, daß er besonders fromm gewesen wäre, aber die Religion ist bei den Herrschern stets eine Frage des Stolzes und der Etikette. Statt blutiger Schlachten folgten Feste und Lustbarkeiten, nach deren Abschluß der König höchst zufrieden nach Toledo zurückkehrte, und das junge Paar herrschte weiterhin ebenso glücklich wie weise in der Alhambra.

Es bleibt noch hinzuzufügen, daß die Eule und der Papagei dem Prinzen getrennt in bequemen Etappen nach Granada gefolgt waren; die erstere bei Nacht reisend und auf den verschiedenen erblichen Besitzungen ihrer Familie haltmachend, der letztere in den eleganten Kreisen einer jeden kleinen und großen Stadt, die an seinem Wege lag, glänzend.

Ahmed vergalt ihnen dankbar die Dienste, die sie ihm auf seiner Pilgerfahrt geleistet hatten. Die Eule ernannte er zu seinem Ersten Minister und den Papageien zu seinem Zeremonienmeister. Es ist überflüssig zu bemerken, daß nie ein Reich weiser regiert und nie ein Hof unter genauerer Beachtung des Zeremoniells geführt worden ist.

QUELLENVERZEICHNIS

Sleepy Hollow oder Die Sage vom Schläfertal
Aus: Amerikanische Kurzgeschichten von Washington Irving bis Jack London, Dieterich'sche Verlagsbuchhandlung zu Leipzig.

Rip van Winkle
Aus: Amerikanische Kurzgeschichten von Washington Irving bis Jack London, Dieterich'sche Verlagsbuchhandlung zu Leipzig.

Die Sage vom Prinzen Ahmed al Kamel oder Der Liebespilger
Aus: Washington Irving, Der Teufel und Tom Walker, Märchen und Sagen.

AtV

Band 1646

George Terramare
Jeanne d'Arc

Die Magd von Domrémy

Roman

448 Seiten
ISBN 3-7466-1646-8

Jeanne d'Arc – Mythos, Heilige, Nationalheldin ... Doch nichts schien das einfache Bauernmädchen, vor fast 600 Jahren im Dorf Domrémy-la-Pucelle geboren, für ein solches Schicksal zu bestimmen. Sie war wie andere Mädchen auch – bis sie »Stimmen« hörte, eine göttliche Vision hatte. Eine Frau, ein Mädchen noch, ruft sie den Dauphin von Frankreich auf zum Kampf gegen die Feinde ihres Landes. Mehr noch: Sie selbst, als Mann gekleidet und in schwerer Rüstung, führt das Heer in die Schlacht, das Orléans befreit.
Als sich das Kriegsglück wendet, läßt der Hof sie fallen. Als Ketzerin und Hexe auf dem Scheiterhaufen verbrannt, wird Jeanne d'Arc zu der Legende, die das Jahrtausend überdauert.

AtV

Band 1542 **Hanjo Lehmann**
Die Truhen des Arcimboldo

Nach den Tagebüchern des Heinrich Wilhelm Lehmann

Roman

699 Seiten
ISBN 3-7466-1542-9

In den allergeheimsten Kellergewölben des Vatikans wird im Jahre 1848 der junge Schlosser Luigi verschüttet. Als er die Mauern seines Verlieses abklopft, stößt er auf eine mysteriöse Truhe mit siebenhundert Jahre alten Pergamenten – sorgsam verborgene Dokumente die den Machtanspruch der römischen Kirche untergraben. Zwanzig Jahre später vertraut er einem preußischen Eisenbahningenieur seine Aufzeichnungen über die damaligen Ereignisse an. Von nun an gerät dieser in ein Netz von Intrigen und lebensbedrohlichen Situationen, denn der Vatikan fürchtet im Jahr des Konzils, auf dem die Unfehlbarkeit des Papstes verkündet werden soll, nichts so sehr wie die Veröffentlichung dieser Dokumente. Ein packender historischer Roman, vorzüglich recherchiert, der in die Kultur- und Kirchengeschichte des 19. Jahrhunderts führt und zugleich eine ganz eigene Welt der Sinnlichkeit offenbart, erzählen Luigis Briefe doch auch vom genußvollen Zelebrieren sexueller Lust.

AtV

Band 1599

Frederik Berger
Die Provençalin

Roman

Originalausgabe
704 Seiten
ISBN 3-7466-1599-2

Die Provence im 16. Jahrundert: Die schöne Madeleine wird von vielen Edelmännern umworben – auch von Jean Maynier, dem stolzen Baron von Oppède. Als sie ihn zurückweist, beginnt er sie mit seinem Haß zu verfolgen. Die tragische Verstrickung zweier Adelsfamilien nimmt ihren Lauf. Jean Maynier wird als Heerführer gegen die Waldenser zum Schrecken der Provence. Sein Sohn Pierre verliebt sich ausgerechnet in Madeleines Tochter, doch Jean Maynier versucht mit aller Macht, die Liebe seines Sohnes zu zerstören – und macht sich Madeleine endgültig zu seiner gefährlichsten Gegnerin.